平岡陽明

ライオンズ、1958。

LIONS,1958.
Hiraoka Yomei

角川春樹事務所

ライオンズ、１９５８。

装幀　片岡忠彦
装画　田地川じゅん

1

木屋淳二《きやじゅんじ》がデスクで原稿を書いていると、

「階下《した》に面会の方がいらっしゃってます」

と受付嬢が告げにきた。心なしか表情が強張《こわば》っている。

木屋はおりて行った。すぐに一人の男が目に入った。浅黒く引き締まった顔。気合いの入った角刈り。ど派手な白のスーツ。骨太な体格《ガタイ》。ぐるり三百六十度、どこからどう見てもその筋《スジ》の男だ。

――あの男じゃありませんように。

という願いも空《むな》しく、男は白い歯を見せてこちらにやって来た。

「あんたが木屋さんね」

男はドスが利いているのに、どこか人懐こい笑みをうかべて名刺をさしだしてきた。三十五がらみだろうか。精悍《せいかん》さとあいまって、男盛りと見える。

「俺は田宮《たみや》っちゅうもんたい」

名刺には「田宮土木　社長」と記されていた。それに添えられた左手の小指がないことに、木屋の心も強張った。あきらかにここ西九州新聞社のロビーにふさわしからぬ人物である。

「ご用件はなんですか？」

「川内《かわうち》と双葉《ふたば》を知っとろうが。あのふたりが逃げたったい」

むろんすぐに思いあたった。川内は先日クビになったばかりの西鉄ライオンズの二軍選手。双葉は、その川内が入れ揚げていた中洲《なかす》「達磨屋《だるまや》」の娼妓《しょうぎ》である。

「あんたはあのふたりと入魂《じっこん》やったけん、なんか知っとろうと思うてな」

田宮は、あくまで二十年来の知己のような笑みを浮かべたまま、「隠すとタメにならんばい」と付け加えた。

「つまりふたりは駆け落ちしたとですか？」

「それたい！　さすが新聞屋《ブンヤ》やのう。むつかしい言葉ば知っとう」

「普通の言葉ですが……」

「なにっ⁉」

「あ、いや。それにしても、あいつらも粋なことしますなぁ」

木屋は時間稼ぎに出た。頭を整理したい。記者がよく使う手法だ。

「この昭和の御世《みよ》に、近松門左衛門《ちかまつもんざえもん》の世界ですか」

田宮が顔色を変えた。

「なして愛媛の近松親分のこと知っとうとや？　お前、堅気《かたぎ》じゃなかとか？」

目から笑みが失《う》せると、稼業者の凄《すご》みが顔をのぞかせた。

「それはたぶん近松ちがいかと……。とにかく、僕もいま初めて知りました。いつ逃げたとです？」

「昨晩たい。俺が捜査一課長に任命された」

田宮がニヤリとした。あんたはその捜査一課に追われる身じゃないんですか、と軽口を叩《たた》きかけて、あわてて口をつぐんだ。

「草の根わけても探し出さないかん。なにか判《わか》ったら名刺《そこ》まで報《しら》せちゃんない」

「はあ……」

「隠し立てしたら、あんたも同罪ばい」

「そげな無茶な」

「なあに、冗談たい」とまんざら冗談でもなさそうに田宮は言った。「堅気衆に迷惑かけるつもりはなか。ときに、運動部っちゅうことは、あんた西鉄番の記者かい？」

「そうです」

「今年の西鉄は強かったな〜。田宮がよろしく言いよったと三原《みはら》監督に伝えちゃんない」

なにを気安う言いよって。飲み屋のオヤジと違うぞ。日本一の知将やぞ。内心可笑《おか》しく思っているところへ、見透かしたように田宮が声を低くした。

「ええな、隠しちゃいかんぞ。ヤクザの面子《メンツ》を潰すと高《たこ》うつくけんな」

田宮はカラッと短く笑い、颯爽《さっそう》と新聞社を出て行った。

木屋は階段をのぼりながら「あのバカタレめ、なして駆け落ちする前に俺に一言相談せんか」と、弟分のようだった川内の顔を思い浮かべた。

フロアに戻るや否や、鬼デスクの怒声が飛んだ。

「こりゃあ！　油売っとらんと、もっとネタ拾ってこんか！」

やれやれ。あっちで凄まれ、こっちでドヤされ。

川内の奴め、こげん忙しかときに、なんばしてくれたとや――。


時は一九五六年、十二月である。

博多の街は二ヶ月前の「西鉄ライオンズ日本一」の余韻にまだ酔っていた。球団創設七年目にして、初めての栄冠だった。

天神のネクタイ族。

呉服町の路地裏の子どもたち。

中洲の酔っ払い。

川沿いのバラックに棲《す》む貧民たち。

彼らはあいさつ代わりに西鉄の話題を口にした。だからシーズンオフに入っても西鉄ネタの需要は減らない。新聞は、博多のスター軍団と市民のあいだを繋《つな》ぐ架け橋だった。

木屋は小ネタを拾って歩いた。

祝勝会が続くので、さしもの三原監督もスピーチには食傷気味だった。ところがそのスピーチも木屋の手に掛かると「決意強固に連覇を誓う！」という見出しになる。

四番の大下弘《おおしたひろし》が庭でバットを握っただけで「英雄、始動す！」。

中西太《なかにしふとし》と稲尾和久《いなおかずひさ》が温泉へ慰安に出かけたときは、麻雀《マージャン》のメンツ合わせのためにお呼びが掛かった。このときの見出しは「怪童と鉄腕、鋭気を養う」。

こんな典型的な暇ネタですら、人々は貪るように読んだ。地元紙の利があるだけに、鬼デスクの督促も厳しい。

木屋は記者生活四年目の終わりにさしかかっていた。よく言えば球団のマスコットボーイ、悪く言えば選手の小間づかい。あまりに選手のプライベートへずかずか入り込んで行くので、三原監督に呆れられたことがある。

「お前さんは、うちの選手について僕より詳しいね。便所までついて行ってるんじゃない？」

一九五三年（昭和28年）の入社である。のちに「西鉄　花の28年組」と呼ばれる豊田泰光《とよだやすみつ》、高《たか》倉照幸《くらてるゆき》、西村貞朗《にしむらさだあき》、河村久文《かわむらひさふみ》らと「同期」であることを密《ひそ》かな誇りとしてきた。

一年目は高校野球担当だった。「地元S高校にいいピッチャーがいる」と聞いて取材に駆けつけた。それが川内だった。投球を見て度肝をぬかれた。

――こりゃ超高校級たい。凄いピッチャーがいたもんだ。

端整なマスク。華麗なフォーム。木屋の脳裏に兄の姿がよみがえった。高校時代にバッタバッタと三振の山を築いていた兄の姿が。

ところが、である。おなじく偵察にきていた西鉄の宇波《うなみ》スカウトが言った。

「このピッチャー、どう見る？」

宇波さんは辣腕で鳴るスカウトだ。新人記者のお手並み拝見といったところだろう。

「凄いと思います。プロでも即戦力やないですか」

宇波さんはふっと笑った。

「素直すぎるんだよな。フォームもボールも。あれじゃプロには打ち頃だよ」

木屋は背筋が冷たくなった。プロ打者のレベルの高さを思い知らされたのだ。

「それじゃ西鉄は獲《と》らんとですか」

「いや、獲る。センスはあるんだ。いざとなれば野手に転向させればいい。三原の親父《おやじ》も言ってたしな。ピッチャーはいくらいても構わん、と。今年は地元で目ぼしいピッチャーといえば、川内《こいっ》と東筑《とうちく》の仰木彬《おおぎあきら》くらいなものだ。仰木も肩と足がいいから、野手に転向するかもしれんぞ」

この予言はピタリと的中した。翌年西鉄に入団したふたりは、三原監督から早々に内野手への転向を命じられたのだ。

だが入団からの三年間で、ふたりは明暗を分けた。

仰木は一軍でセカンドのレギュラーを獲得した。甘いマスクもあって、いまや人気の若獅子だ。

一方、甘いマスクではひけを取らない川内は、三年間いちども一軍に上がることはなかった。

結局、木屋が川内について書いた記事は二本だけだった。

「昨日、地元S高校の川内智彦《ともひこ》投手が西鉄ライオンズに入団した」

「昨日、西鉄ライオンズは二軍の川内智彦内野手の自由契約を発表した」

田宮の訪問を受けたのは、二本目の記事を書いてから七日後のことであった。

2

――ちっ。なして俺が堅気の新聞屋《ブンヤ》に恫喝《カマシ》入れないけんのじゃ。

田宮は新聞社を出ると、渡辺《わたなべ》通りをくさくさした気持ちで歩いた。

彼の任侠道《にんきょうどう》は明確な二分法で成立している。筋が通っているかいないか。敵か味方か。好きか嫌いか。稼業者か堅気か。ゆえに落ち度のない堅気に言いがかりをつけるのは、彼の任侠道に反するのである。

田宮の二分法は、じつに生活のすみずみまで行き渡っていた。

「雨が降り出したとたん、軒下《のきした》づたいに歩くような男は好かん。男なら濡れながら歩かんかい」

と言われ、田宮の子分たちはちょくちょく風邪をひいた。

――それにしても、中山《なかやま》の兄貴もええ加減にしてくれんかのう。人をいいように使いよって。

若頭《カシラ》補佐の中山は、洲之内《すのうち》一家のナンバー3にあたる。

その中山に昨晩、呼び出された。

「達磨屋の婆《ばば》ァから、女が逃げたと言うてきた。探してきやい」

田宮は「へい」と答えて奥歯を噛《か》んだ。またタダ働きだ。

「男は西鉄をクビになったクスブリらしか。使えるかもしれんぞ」

中山の目が妖《あや》しく光ったのを見て、田宮は瞬時に魂胆《こんたん》を見抜いた。

中山の主な稼業《シノギ》はミカジメや管理売春である。達磨屋は中山の直轄店だ。ところが中山は最近、やけに野球利権に執着していた。「むかしは興行権もあった。野球はカネになるったい」と何度聞かされたか判らない。

プロ野球がまだ「職業野球」と呼ばれ、蔑まれていたころの話だ。勧進相撲や芝居と同じように、ヤクザのシノギとなっていた時代があるらしい。西鉄ライオンズも発足当初は、オープン戦のチケット代をそっくり興行師に持ち逃げされたことがあったとかなかったとか。

洲之内一家は博徒の代紋をかかげている。

——だから、野球賭博の胴元になるのはいい。

と田宮は思っていた。

しかし中山はそれに飽き足らず、またぞろ八百長の絵を描いているのだ。

「お前をクビにした球団に意趣返しをしようやないか。協力してくれたら、このたびの不始末はチャラにしちゃるぞ」

川内を捕まえて、そう吹き込むつもりに違いない。旭日《きょくじつ》の勢いにある西鉄ライオンズにつけいる隙があるとは思えなかった。けれども中山は執着した。

「親父のシノギは儲《もう》からん。今に九州中のヤクザから莫迦《ばか》にされよるぞ。親父を男にするためたい。貴様《きさん》も付き合え」

とってつけたような大義名分も、田宮は気に喰《く》わなかった。なんなれば、その洲之内親分がいつも口にしているではないか。

「地場を大切にせい」「地元に尽くせ」「ヤクザは道の真ん中を歩くな」「西鉄ライオンズこそ地元の誉れたい」

つまり、西鉄ライオンズに粉をかけるのは邪道なのだ。田宮の任侠道に「邪道」という名の道は敷かれていない。

――だいたい、初めから好かんとたい。

田宮は、戦後の闇市でどまぐれ働きをしているところを洲之内に拾われた。中山は田宮を見るなり言った。

「また兄貴が野良犬を拾うてきたとか」

〝こすからい目をした奴やな〟というのが、中山に対する第一印象だった。

田宮が土建会社をたちあげたとき、中山は「自分ばかりが身奇麗なヤクザになるつもりか」と言った。祝儀袋の中身は、とある会社の不渡手形だった。

――これが兄貴分のすることとか……。

田宮はいっそ憐《あわれ》むような気持ちになった。

いちばんの煮え湯は、二次団体同士の抗争解決を振られたときのことだ。

「いっちょう、田宮に任せてみまっしょうや」

中山が親分に進言した。

洲之内一家は名門だが、田宮の座布団はまだ低い。抗争中の両家にだってメンツがある。「なんでこの程度のもんを間に立てるんや」となることは明らかだった。

洲之内は田宮を一瞥《いちべつ》し、

「やってみい」と言った。

田宮は奔走した。門前払いが続いた。やがて幹部連中が話を聴いてくれるようにはなったが、抗争が収まる気配はなかった。福岡県警が本腰で取り締まるという情報が流れてきたところで、田宮はおのれの小指を裁ち落とした。

「これで手打ちにしてくださらんか」

両家の親分は田宮のメンツを立ててくれた。鞘《さや》に収めてくれたのだ。

手打ちの儀式が済んでから、洲之内が言った。

「ご苦労やったな田宮。『ええ若い衆をお持ちですのう』と羨ましがられたぞ。ばってん、そのたんびに指落としてたら、十本じゃ足らんごとなるぞ」

田宮はこの一言に報われる思いがした。

しかし、だ。

もし手打ちに持ち込めなかったら、中山になんと言われただろう。どのみち小指は落とす運命にあったのではないか？　一寸半の指先は惜しくもなかったが、腹に一物抱えることにはなった。

田宮が物思いに沈みながら、なおも渡辺通りを歩いていると、目の前でリヤカーが止まった。なじみの野菜行商の婆《ばあ》さんだ。

「あら田宮《ミヤ》ちゃん。今日もパリッとしとうね」

「寝間着みたいなもんたい」

「ま〜たそんなどまぐれ言うてから。この前は御見舞いありがとね」

「医者には診《み》てもらったとな？」

「おかげさまで」

田宮はリヤカーを覗《のぞ》き込んだ。泥のついたままの穫れたて野菜が、食べてくれと言わんばかりだ。

「旨《うま》そうやのう。水菜とネギと白菜をやんない。昼は現場で鍋にするったい」

「持ってこうか」

「よかよか。詰めるだけ詰めちゃんない」

婆さんはロクすっぽ計算もせずに、リヤカーの三分の一ほども野菜を詰めてくれた。

田宮は山盛りの冬野菜を抱えて歩きつつ、先ほどの記者のことを思いだした。

――あいつ、どこか憎めんごとあったな。

歳は自分より五つ六つ下だろうか。新聞記者だけあって、育ちのいいインテリに違いない。しかし自分に対してこれっぽっちも差別感情を示さなかったことが、田宮には心地よかった。たいていの堅気は稼業者と向かい合ったとき、恐怖の底にかすかな蔑視を潜ませているものだ。

――木屋、か……。

田宮はふしぎな懐かしさと共に、彼の顔を何度か思い返した。

3

木屋はデスクに戻り原稿の続きにとりかかったものの、心ここにあらずだった。

――川内はどこにおる？　逃走資金は足りとうとやろうか？

そう思うと、尻のあたりがもぞもぞしてくる。

鬼デスクはそんな木屋の様子を視界の端に捉《とら》えていた。

（あいつめ……また抜け出すつもりやな）

木屋はフットワークが軽く、一種独特の愛嬌《あいきょう》で年長者に可愛《かわい》がられ、筆も早い。これが記者としての表の三拍子だとすると、裏の三拍子は軽率でポカが多く、すぐ社外へ飛び出したがり、酒での失敗が多い。博多の男は、酒の上での失敗にはお互いに大甘だ。そこで目立つのだから相当なものである。

――そうや。こうしちゃおれん。ケン坊に報告せんと。

木屋は背広の上着を手にとり、席を蹴り離れた。鬼デスクが待ってましたとばかり、声をはりあげた。

「こりゃ、どこへ行く！」

「取材に行ってまいります」

「記事はできたとか！」

「できました！」

頭の中で、と心中つぶやき、木屋はみその苑《えん》へ直行した。

みその苑は百道《ももち》の海っぺりにある孤児院である。戦災孤児や炭鉱孤児をうけいれてきた。九州大学のボランティアグループが運営にかかわり、木屋も学生時代から手伝ってきた。ケン坊はその時分からの弟分である。木屋によくなつき、すると木屋のほうでも可愛くて仕方なかった。

孤児たちは十五歳になればここを出て自活せねばならない。だから苑では彼らにアルバイトを奨励していた。木屋は新聞社に入社してすぐ、ケン坊に新聞配達のアルバイトを世話した。ケン坊が八歳のときのことだ。ケン坊はそれからの三年間、一日たりとも早朝の配達を休まなかった。配達屋から皆勤賞の懐中時計を贈られたときは、白い歯をこぼして何度も自慢した。木屋もわがことのように喜んだ。

そのケン坊も、いまは十一歳になる。

「お前の姉ちゃんが逃げたと。川内と一緒に」

誘いだした浜辺にぺたんと座り、木屋は告げた。

「俗にいう駆け落ちっちゅうやつたい。とゆうても、子どもにはわからんか」

ケン坊は目を細めた。冬の薄い日ざしでも、砂浜に跳ねっかえると眩《まぶ》しいのだろう。そして、「知っとうよ」というふうに微笑《ほほえ》んだ。ケン坊は口が利けない。

「お前はヤクザより賢かね」

木屋はいつものように褒《ほ》めた。ケン坊は配達のあと、新聞のスポーツ欄をすみずみまで読んでいる。わからない字は木屋があとで教えてやる決まりだ。ケン坊の国語の成績は、クラスでいつもトップだった。

「で、そのヤクザなんやけどな。ふたりは正規の手続きば踏まんかったけん、ちょっと探されよるとよ。だからふたつのことを約束してくれ。もし田宮っちゅうもんが現れても、知らぬ存ぜぬで通すこと。もし姉ちゃんから便りがあったら、すぐ俺に報せること。わかったか」

うん、わかった、というふうにケン坊は頷《うなず》いた。この少年は哀《かな》しいほどに物わかりがいい。

木屋はケン坊の聡明な面立ちを見つめた。

いったい、どういう星のもとに生まれたのだろう。生後すぐに福岡大空襲で両親を亡くし、口も利けず、たったひとりの姉もこうして遠ざかり――。神様《かみさん》よ、ひとりの少年に与える試練にしちゃあ、ちいと重すぎやせんかね？

ケン坊が木屋の視線に気がついた。

木屋は「こほん」とひとつ咳《せき》ばらいをしてから、「スクラップは順調かい」と訊《たず》ねた。

ケン坊が文字を書くマネをした。木屋は鉛筆と手帳をとりだした。さらさらとケン坊が鉛筆を走らせる。

「さいきんは　記事が少なか」

木屋は「面目なかね」と頭を掻《か》いた。やれやれ、ここにも鬼デスクがおったか。

ケン坊が「記事」という場合、それは大下弘の記事のことを指す。というのも以前、海っぺりをランニング途中の大下が、ひょっこり苑を覗いたことがあった。そのとき頭を撫《な》でられて以来、ケン坊は大下の記事のスクラップをライフワークとするようになったのだ。この二年ほどは木屋の手になる記事が多い。ケン坊は大下の記事をものする木屋を、神の宣伝部長のごとく思っているらしい。

もっとも、大下を神と崇《あが》めるのは、博多少年たちの地なり信仰のようなものだ。大下は戦後プロ野球界最大のスターである。

大下以前の日本野球は「バッターは強いゴロを打て」の一点張りだった。地味で、精神論めいていて、どこか日本陸軍を思わせる。ところが大下は特攻隊員候補から帰ってくると、ひとりホームランにこだわった。大下の放つホームランは、それまで日本人が見たこともなかった大きな放物線を描き、スタンドに吸い込まれていった。国民は狂喜した。大下は美空ひばりと並んで、戦後復興の象徴となった。

「その大下が、博多へ来る！」

と知ったときの、男たちの喜びようといったらなかった。老いも若きも、自然と手足が舞った。当時の博多といえば、片田舎もいいところだった。

木屋は長じて自分が、そんな国民的大スターの番記者になるとは思いもよらなかった。大下が自分を慕ってくる少年たちを底抜けに可愛がることを知ったのも、番記者になってからのことだ。大下は自宅の一室を近所の少年たちに開放し、みずから少年野球チームを率いていた。

木屋は親しく口を利くようになってから、大下にみその苑とケン坊のことを話したことがある。

「へえ。木屋ちゃんはあそこを手伝っているのかい」

大下の千両役者のような顔が華やいだ。

「あのとき頭を撫でられたケン坊って子が、大下さんの記事ばくり抜きよります」

とつけ加えると、大下は目を細めて嬉しそうにした。

「ばってん、あの子は口の利けんごとありますけど」

途端に大下の表情が萎《しぼ》んだ。このスターには、繊細すぎる一面がある。


「さあて、そろそろ仕事に戻らんとな」

木屋は尻の砂をはらった。ケン坊がわずかに不安を滲《にじ》ませた。

「心配せんでよか。大丈夫大丈夫」

木屋はケン坊のいがぐり頭をひとつ撫でてやった。

三日後、川内から新聞社に電話があった。

「この馬鹿もん！　いまどこにおるとや！」

「そげん怒らんで、淳さん。いま仕事ば探しようと。そっちの様子はどうね？」

「どうもこうも、ヤクザが出てきよったぞ。電話じゃラチがあかん。逢《あ》って話をしようやないか」

ふたりは年明けの正月休みに逢うことに決めた。川内の潜伏先である東京まで、木屋が訪ねることになった。木屋は電話を切ってから、「これだから野球一筋の世間知らずは困るんじゃ」と独りごちた。

するとと「おらい、電話ばい」とフロアの向こうから声が掛かった。探りを入れていた地元の商工会議所の人間からだ。

「お尋ねの田宮土木の件やけどね、『あそこほど信頼できる土建屋はなか』ともっぱらの評判やぞ」

「ほう。そうですか」

「工期は守るし、見えんところも手ぇ抜かん。ずっと先まで受注でパンパンのはずや」

「そげん繁盛しようとですか」

「繁盛も繁盛、大繁盛たい。なんでもあそこの会社だけが半日単位、一円単位で物事をきちんと進めるらしか」

「トップの人間は……」

「田宮いう人やけど、『あそこの社長をヤクザにしておくのはもったいなか』とみんな言いよる。なんでも律儀が服を着て歩いてるような人らしか。そげな筋《スジ》もんもおるったいねぇ」

律儀が服を着て歩いてるだって？　木屋は先日の田宮の恰好《かっこう》を思いだし、思わず吹き出しそうになった。

木屋は電話を切ると、新聞記者らしく裏取りに出た。大学の同級生で、いまは市役所の土木課に勤めている人間に問い合わせたのだ。するとその男も「あそこはきちんとしとる。土建屋はどこも丼勘定で困るんやけど、田宮さんはあれ、なかなかの人ぞ」と言った。

木屋は受話器を置いて、しばらく考え込んだ。先日受けた「ぐるり三百六十度の筋もん」という印象と、「律儀が服を着て歩いているような土建屋」という情報が、自分の中でうまく噛み合わなかった。まるでコウモリだ。どちらがあの男の正体なのだろう？

「田宮さんはあれ、なかなかの人ぞ」

という同級生の言葉が、何度も耳に木霊《こだま》した。

4

田宮は朝早く寝床からおきあがった。冬まだ暗い時刻だ。蛇口に直行し、冷水で顔を洗う。そして手ぬぐいでぴしゃぴしゃと背中の龍《りゅう》を目覚めさせ、下駄をつっかけて現場へ向かった。足袋は履かない。

「親方、お早《はよ》うござんす！」

「おう、今日も気張っちゃんない」

と返してから、田宮は「ひい、ふう、みい」と人足の数を確認した。

気まぐれな人足たちは「酒を呑《の》みすぎた」といっては休み、「昨晩の女が毛深かったのでゲンが悪い」といっては休む。頭数が欠ければ発注元への契約違反だ。とくにこのところは幹線道路のアスファルト化が進み、仕事は次から次と舞い込んできた。ビルヂングの建設現場も多い。人手はいくらあっても足りなかった。

　最近の田宮土木にとっては、おかみさんや戦争未亡人たちが強力な援軍となった。彼女たちは男とちがい、気まぐれで仕事を素っ飛ばしたりしない。その日のミルク代のために、ゼンペに頬かむり姿でやって来るのだ。田宮は彼女たちに「育児手当」を上乗せしてやることを忘れなかった。

　田宮はひととおり指示を与えてから、中洲の街をカランコロンと流した。だんだんとヤクザの顔に変貌していく。

　通勤人でごったがえす大通りにさしかかったところで、

「あ、田宮《ミヤ》兄ぃ」

　と靴磨きの少年が目を輝かせた。

「朝から精が出るな。今日は下駄履きなんじゃ」

「なーんか。僕、あの白のエナメルが磨きたかぁ」

「すまんすまん。これで温《ぬく》いうどんでも食え」

　田宮はポケットから百円札をとりだした。働く少年は不労所得を好まないものだが、田宮なら話は別だ。芯から済まなそうにしているのがわかる。少年の自尊心は傷つかないのである。

　そのまま道を折れて、いつもの喫茶店に入った。初老のマスターが「寒かね」と言って読みさしの新聞をさしだしてきた。

「うん、南方帰りの毛穴にはよう染みる」

田宮は十年一日のごとき冬のあいさつを返した。もう敗戦から十一年。この冗談は同年輩以上にしか通じない。

マスターが珈琲《コーヒー》と一緒にトーストを出してくれた。それをぱくつきながら、まず社会面を眺めた。ヤクザがらみの記事があるならここだ。ない。

次にスポーツ欄を眺めた。文字通り、眺めるのだ。じつは半分くらいの漢字が判らない。見出しに「大下」とあるのを見つけた。

——これ、あいつが書いたんかな。

木屋の顔が浮かんだ。一度会ったきりだが、妙にあの顔がまとわりついて離れない。田宮はじっと記事を見つめた。こうしていると、いつしか文意がわかってくるから不思議だ。ようは気合なんじゃ、と自分では思っている。

「どう？　稼業《シノギ》は順調？」とマスターが言った。

「ちょぼちょぼですばい」

と答えてから、田宮は内心苦笑した。素人衆はやすやすと口にするが、ヤクザ同士なら禁句だ。大阪商人じゃあるまいに。

「ところで西鉄の二軍選手に知り合いおらんね？」

「二軍？　おらんなぁ。むかしいちど三原監督が珈琲を飲みに来てくれたことがあるけど。なしてな？」

「いや、ちいとね。ごちそうさん」

田宮はいつものようにつり銭を受け取らずに店を出た。靴磨きの少年に小遣いを呉れてやるのも、行商の婆さんに見舞金を包んでやるのも、喫茶店でつり銭を受け取らないのも、みんな洲之内の真似《まね》だ。

店を出ると組事務所へ向かった。今日は当番なので、田宮の若い衆が三人ほど詰めている。

「おはようございます！」

「おう、変わりはなかか」

「へい」

田宮はじろりと室内を見渡した。博徒の事務所は清浄を宗《むね》とする。とくに神棚は大切で、そこに塵《ちり》ひとつでもあれば、当番の者に何発か根性を入れてやらねばならない。こういうところ、じつに神経質な男なのである。

おおむね良か、と思ったところへがちゃりとドアがあいた。

親分の洲之内、若頭の赤波《あかなみ》、若頭補佐の中山が、その序列の順に入ってきた。

「田宮、来い」

中山がアゴをしゃくった。田宮は奥の組長室へ入っていった。

開口一番、洲之内が言った。

「そろそろお前も一家を構えい」

田宮も年齢とキャリアからいって、そろそろ「そういう時期」にさしかかっていた。

「博一《はくいち》会系、洲之内一家内、田宮組たい」

赤波が眉ひとつ動かさず続けた。この人の言葉は、つねに短い。

盃直《さかずきなお》しの儀式は、すぐに執り行なわれた。田宮は洲之内から盃をもらいながら、年甲斐《としがい》もなく手が震えそうになった。

その翌日、中洲の雑居ビルの一室に「田宮組」の看板を掲げたところへ、洲之内がボディガードも付けずに現れた。

「お、親分！」

田宮の背筋がぴんと伸びた。背中の龍も一センチほど首を伸ばしたはずだ。

「どげんしたとですか。さ、こちらへ」

田宮は知り合いから貰《もら》いうけた自分用の椅子を勧めた。

「いらんいらん。じつはこれをお前に呉れてやろうと思ってな」

洲之内は大きな桐箱《きりばこ》から日本刀をとりだした。田宮には読めないが、見事な銘が入っている。

「こげん立派なもんを――」

「なあに。もっと祝儀ば包んでやりたかばってん、お前も知ってのとおり、貧乏親分やけんな。これでお前も組と会社、一国二城の主《あるじ》たい。よう頑張ったな」

それだけ言うと、洲之内は湯が沸く前に事務所を去った。つむじ風のような来襲だった。

田宮は早速、刀を部屋の一等地に鎮座させた。顔がにやけて仕方ない。十五分おきに手に取り、一時間おきに粉をはたいた。そのたびに刀身が、冴《さ》えざえと田宮の顔を映し出す。田宮は洲之内に拾われたときのことを、まざまざと思い出さずにはいられなかった。

もう十年以上も前の話だ。

博多の闇市でその日暮らしにあけくれていた。かっぱらい、物資横領、横流し、なんでもやった。アメ公《GI》の物資を盗むのに罪悪感はなかった。

闇市には田宮のような復員兵もいれば、ヤクザ、三国人、愚連隊もいた。いずれも荒くれ者たちばかりだったが、「ジャングルでの地獄を思えばちょろいもんたい」と思わないでもなかった。あそこでは物資がなかったが、ここにはある。目の前にある。他人のものかもしれないが。

ある日、だしぬけに後ろから襟首をつかまれた。

「きさんが田宮か」

ふり返ると、ぼこぼこの四角い顔をした男がこちらを睨《にら》みつけていた。のちの若頭、赤波である。

「ちいと兄貴のとこまで顔かせや」

田宮は闇市ですこしばかり名を知られていたので、この手のことは日常茶飯事だった。「気安う触んなや」と言い返して、あとをついていった。

連れていかれたのは神社の境内だった。空襲で焼け荒れたままになっている。夜になると乞食《こじき》の寝床になるので、めったに人は近寄らない。

そこに男が立っていた。

――ほう、ひとりか。なかなか殊勝な心掛けやないか。

田宮はじっと男を睨《ね》めつけながら歩み寄っていった。

「兄貴に挨拶せんか」と赤波が言った。

「グッ、モ〜ニン」

「殺すぞ」

「冗談は顔だけにせいや」

「殺す」

赤波が一歩前に出た。田宮もぐっと腰を落とした。

「待て待て。なあ田宮さん。わしは洲之内ちゅうもんたい。あんたの噂《うわさ》は聞いとる。しばらく一緒に賭場を巡らんか。縄張りば荒らしよる奴らがおるったい」

田宮はわざと相手を値踏みするような目つきをした。アゴに手をやり、不精ひげを撫で、時間を稼いだ。年齢《とし》は一回りほども上だろうか。じつは内心、「こいつには敵《かな》わんかもしれんぞ」と思っていた。

田宮はもったいつけて言った。

「洲之内さんとやら。俺も荒っぽいことは嫌いなほうじゃなか。よかばい」

行動を共にするうち、田宮は自分の直感が正しかったことを思い知らされた。

賭場は博徒にとって神聖な空間である。そこでの所作、立ち居振る舞い、気風《きっぷ》のよさで、名は高まりもすれば汚れもする。洲之内には男惚《おとこぼ》れさせる何かが具《そな》わっていた。不良なのに、濁ったところがない。それでいて、間尺に合わないこともできる男だった。

「きさんら仕事入れよって！　ケジメ取れ！」

いったん博打《ばくち》のイカサマを見抜くと、洲之内は徹底的に暴れた。「戦勝国」の三国人がバックにいようとお構いなし。仕事《イカサマ》を察知する能力は、天才というほかなかった。洲之内が賭場で暴れるたび、盃を望む者が列をなした。

気がつけば田宮も付き人のようになっていた。

付いてわかったのだが、洲之内は銭湯で子分に背中を流させない。荷物を持たせない。肉でも魚でも自分は端っこだけ食べて、旨いところは他人へ譲る。つり銭を受け取らない。煙草《タバコ》に火をつけさせない。借金の催促をしない。よその博徒が自分のところにわらじを脱ぐと、家財道具をすっかり空っぽにして歓待する。

「田宮は性根《アレ》が据わっとる」

洲之内がそう言っていると聞いたときは、天にも昇る心地がした。

「博徒はただの無法者と違うぞ。お前も正業をひとつ持て」

そう言われて土建会社をたちあげたのが、出会って五年目のことだった。

田宮の会社が軌道に乗りかけたころ、県から受注した仕事にクレームがついた。

「おたく、杭《くい》の数を誤魔化しちゃおらんか」

河川の堤防補強工事だった。決壊せぬよう、土中に杭を埋めて強度を増す。

田宮は心外だった。

「なんば言いようとですか！　ほれ、図面どおりに埋めとります！」

「土の中じゃ見えんけんな」

「もういっぺん掘り返せと？　だいたいなんの証拠があって――」

「あんたらが二本少なく埋めたと通報があったとよ」

これで田宮はピンときた。おそらく田宮土木の台頭を快く思わない同業者の密告《タレコミ》だろう。

「埋めた」「埋めない」の押し問答で往生した。掘り返せば潔白は証明できるが、大赤字である。工期が延びれば、次の現場にも支障が出る。

そこへ、洲之内が県庁を訪れたと報せがあった。土下座せんばかりに謝罪したのみならず、「もう二本、埋めさせますけん」と約束したという。

杭の発注書を手に、田宮は駆けつけた。洲之内はそれに目もくれなかった。

「お前が正直にやっとることは、わしが一番よう知っとる。ばってん、ここで県と喧嘩《けんか》してみい。敵の思うツボやぞ。それに、杭を二本多くしたら、堤防はもっと強うなる。結局のところ、住民にとってはそれが一番やないか？　誰のために仕事してるか忘れちゃいかんぞ。人は一代、名は末代。お天道様《てんと》は見とる。口惜《くや》しかろうが、もう二本埋めてくれんか。すまん。この通りたい」

「お、親分。やめてつかぁさい」

田宮はすぐに二本の追加発注を出した。

杭が届くと、お役人立ち会いのもとで堤防を掘り返した。土中から、図面どおりの本数の杭が姿を現してくる。役人はみるみる不機嫌になっていった。田宮は、この職務に忠実なお役人の顔を潰すまいと、先手を打った。

「こげな仕儀におちいったのも、すべてわたしの不徳の致すところですたい。この二本は、田宮土木から地域住民へのプレゼントとさせて下さい」

　そう言って、深々と頭をさげた。爾後《じご》、県からの受注が一段と増えた。田宮はこの一件以来、「見えないところ」にこそ力を入れるようになった。人も建物も、本当の価値はそこで決まるのだ。


　田宮は日本刀を眺めつつ、往時のそんなあれこれを思い返していた。そこへ、木屋を尾行《つけ》させているナツヒコという子分が報告にやって来た。

「あの記者、百道の孤児院に時おり顔出しよります。あと、東京行きの切符ば買いよりました」

「東京……いつ行くんかのう」

「そこまではわかりません」

「それは臭かね。もちぃとツケてみい」

　駆け落ちの一件に深入りするのは気乗りしなかったが、目上の者の命令は絶対だ。やるべきことはやる。やらねばならない。中山に対する好き嫌いは別として、

「それが稼業者の宿命たい」

　と、田宮はおのれを突き放して考えていた。

5

年が明けた。

一九五七年の元旦。木屋家の朝は、老父が「木屋スポーツ店」の店内に盛り塩する儀式から始まった。お次は仏壇に筑前煮《ガメ》やおせちをお供えしてチーン。木屋は祖父母の遺影に手を合わせた。兄の遺影はない。

その経緯はこうだ。

一九四五年六月十九日、福岡大空襲。

「女子供まで皆殺しにせんと気が済まんとか！」

と防空壕で父が叫んだ二ヶ月後、兄の戦死公報が届いた。

そこには「比島《フィリピン》ニテ玉砕セシ」うんぬんとあった。要するに「絶滅した師団におったから、きっと木屋一弘《かずひろ》も戦死したことでしょう」というお達しだった。

ふたたび父が叫んだ。

「なんかこの紙きれは！　こんな紙きれ一枚でハイそうですかと言えるか！　一弘は死んどらん！」

この一言で、木屋家の仏壇に兄の不在が決まった。

たしかに終戦直後は、全軍玉砕したはずの部隊からひょっこり帰ってきた兵士の話があちこちで囁《ささや》かれていた。多くは捕虜になったり、はぐれた者であった。父もそれに縋《すが》ったのだ。いつの日か息子が店先に立ち「ただいま戻りました」と敬礼する日がくるかもしれない。なぜ遺影が必要なのだ！　……しかし終戦から十二年経《た》った今でも、兄は帰ってこなかった。それなのに位牌《いはい》や遺影がないのは、惰性といえなくもない。

木屋にとっても自慢の兄だった。戦前は高校野球の花形エース。本来なら早慶どちらかへ進み、神宮のマウンドに立つべき逸材だったとあとで聞いた。だが兄は両親たっての望みを聞き入れて、地元実業団へ進んだ。そこでも一年目から主戦投手を任された。

召集令状が届いたのは昭和十九年の十二月。

兵営へ赴く日の朝、「淳一。ちこっとやるか」と兄はお別れのキャッチボールへ誘ってくれた。キャッチボールを始めると、木屋はグローブを動かす必要がなかった。球はすべて胸元へくる。回転も、素晴らしくいい。

「兄ちゃん。いつ帰ってくるとね」

訊《き》いても仕方ないことは、六つ違いの中学生である木屋にもわかっていた。しかし訊かずにはいられなかった。

「判らんなぁ。ばってん肩が鈍《なま》らんよう、敵方に手榴弾《しゆりゆうだん》ばびしびし投げこんで来るくさ」

兄は白い歯を見せて笑った。今でも木屋が夢に見るのはこの笑顔だ。あの日、真新しい兵隊服に身をつつんで球を放っていた兄の姿。

「帰ってきたら、カーブば教えてくれる？」

「こりゃ。敵性語を大きな声で言うな」

兄はにやりとし、ククッと球を曲げてきた。

「凄かぁ！　球が消えようごたぁ！」

木屋はうしろへ逸《そ》らしたボールに追いつき、振り向いた。すると兄がスタスタとこちらへやって来て木屋の肩をつかんだ。

「巨人軍の沢村《さわむら》さんも船ごと撃沈されたっちゅう話たい。兄ちゃんにも何があるかしれん。ばってん、うちにはお前がおる。今日からお前が長男たい。父ちゃん母ちゃんを悲しませることだけはするなよ。お前はどげんしても兵隊に取られるな。木屋家を絶えさせちゃいけん」

「ばってん――」

「ごちゃごちゃ言わんと、約束するか？」

「うん。約束する」

兄を安心させたい一心で、深く頷いた。

「よし。じゃあこのグローブばやる」

木屋はグローブを受け取った。そのお返しにボールへ「生還」と書こうとして、手を止めた。見送りの家族が「生きて帰って来い」と口にすると憲兵に殴られる。そんな噂を思い出したのだ。

それで「生」のあとに「きる」と書いた。

〝生きる〟

なんだか贈る言葉らしくないが、仕方ない。兄が殴られたり、取り上げられてしまうよりはマシだ。

「これ、お守り代わりに」

兄はボールに書かれたメッセージを見て微笑み、背嚢《はいのう》にしまった。

「もし兄ちゃんが無事に帰ってきたら――」と兄は言った。

「帰ってきたら？」

「そのときは、キャッチボールの続きばしような。兄ちゃんの知ってる球種はぜんぶ教えてやるけん」

「本当？」

「ああ。兄ちゃんも帰ってきたら、シュートば覚えたいとよ」

「ばってん、僕は兄ちゃんみたいに才能ないから……」

「淳二、それは違うぞ。いっくら速い球が放れても、それはそれだけのことたい。人間の価値はそげなところでは決まらん。人間の価値は、卑しいか、卑しくないかで決まる。兄ちゃんはそう思うとる。卑怯な男にだけはなるなよ」

「ならんよ」

今度はすこし自信をもって頷けた。

「ならんか」

「ならん」

「そうか、ならんか。……これで木屋家は安泰じゃのう」

兄の目の端が、かすかに光った気がした。兄はその日のうちに入営し、南方へと派遣されていった。これが永久《とわ》の別れとなった。兄は、木屋の心の永久欠番となった。

この兄を持ったことが、幼少期の木屋にとって、いっとう仕合わせであった。近所の悪餓鬼も女学生も、おしなべて羨望のまなざしを送った。

むろん両親にとっても誉れである。運動具店を営む父は、惜しみなく兄に商品を提供した。グローブといえば手づくりの布製、バットといえば雑木林の青竹と相場が決まっていた時代、兄だけが本式の野球道具に囲まれて育った。

気立てもやさしく、「次の回はお前がグローブはめて守備につけ」と、近所の子たちに本革のグローブを順繰りに使わせてやった。

木屋が泣かされて帰れば「自分より弱い相手をイジめるほうが悪か」と慰めてくれた。木屋を目の敵にしていた悪タレは、兄から「お前は俊足やけん、ドラッグバントの仕方ば教えちゃる」と言われ、犬のようになついた。木屋へのいじめはぴたりと止《や》んだ。

終戦から八年、木屋が西九州新聞社に就職が決まったときも、兄はふしぎな縁をつないでくれた。内定の挨拶にいくと木屋だけが重役室に呼ばれた。

「君が、木屋一弘くんの弟か」

重役は哀惜をこめて木屋を見つめた。

「博多は惜しいピッチャーば亡くしたもんたい。生きとったら、今ごろ西鉄で放りよろう」

この重役は現場にいたころ、兄を取材したことがあるという。のみならず、兄が大学か実業団かで進路に悩んだときは、相談に乗ってくれたらしい。

重役は木屋の手を取って言った。

「いっしょに西鉄ば盛り上げていこうな」

そんなことが重なって、記者一年目で川内を見たとき、兄を思い出さずにはいられなかったのだ。流れるようなフォーム。手元で伸びるストレート。ブレーキの利いたドロップ。川内は、記憶の中の兄と同型のピッチャーだった。


さて、その川内である。

木屋は正月二日の晩、川内に会うために博多から夜行列車に乗った。移動は丸一日かかる。西鉄ライオンズの番記者になってから東京遠征は慣れっこなので、苦にはならない。

待ち合わせ場所は、後楽園球場前にした。約束は午前十時。その十五分前についた。木屋はスタヂアムの正面玄関に立ち、正月らしくのんびりと過ぎゆく人びとの冬の影を目で追った。

さて、どう話をもっていったものか。

俺があいだに立って、あの田宮っちゅう男と交渉を進めていくしかないんかな？

だめだ。どう転んでも有利な交渉材料がない。

では、しかるべき対価を払うのはどうだろう？

……そんな大金があったらハナから身請《みう》けでもしている。

夜汽車の中でくりかえしてきた堂々巡りは、日付が変わってからも続いていた。

――結局、無法者相手に無法を犯したのが、そもそもの間違いなんじゃ。少年野球が西鉄に五点ハンディを呉れてやるようなもんたい。

現実世界は数式のようにはいかない。マイナス掛けるマイナスは、莫大なマイナスなのだ。ひょっとすると今年の四月から施行される売春防止法が交渉のネタになるかもしれんな、と思ったが、あまり期待はもてなかった。人類最古の職業の前に、法律はあまりに無力だ。

「やあ、淳さん」

「うわっ、驚かすなや」

「な〜に正月から眉間にシワ寄せとうと」

「誰のせいじゃ思っとるとか」

ごつん、と拳骨を御見舞いした。

「痛かァ。……でも済まんと思うとる。まさか淳さんとこカチ込むとは思わんかったもん」

「血の濃そうなヤクザやったぞ。どげんするつもりか」

「なーん。東京までは追いかけてこんやろう。来たら、どこまでも逃げちゃる。網走《あばしり》でんブラジルでんよか。どこまでも逃げる覚悟で、こげん逃げ出したっちゃけん」

「双葉は？」

「宿におるよ。じつは身重たい」

木屋の心を翳《かげ》が掠《かす》めた。本来なら慶賀すべきことではあるが、状況が状況だけに、正面きって言祝《ことほ》ぐ気持ちにはなれなかった。

「……仕事の方はどうなんや」

「いま探しようとよ。東京は求人が多か。条件はあれやけど、贅沢《ぜいたく》いわなければ、近いうちに見つかりそうたい。目途がついたら、ケン坊ば迎えに行く。双葉が『弟だけが気掛かりや』いうて聞かんけんね」

「立ち話もなんやけん。正月でもやりよる店はあったかな」

「それなら少し行ったところにたしか……」

白山通りへ歩み出した、その時だった。

「川内！」

突然ふたりの男がうしろから現れた。

「往生せい！」

ひとりが川内の首に腕をまきつけ、もうひとりが川内の腰に抱きついた。

川内は力の限りもがいた。

木屋はあまりの出来事に茫然としていたが、三人がもんどり打って倒れたところで我をとり戻し、

――いまだ！

川内の首をしめあげている男の股間を、おもいっきり蹴り上げた。

「ぐふッ！」

男が内臓の奥からうめいた。

川内はその隙をついた。腰にまきついている男を払いのけると、一目散に白山通りを駆け出したのだ。

ふり払われた男は、すぐに後を追った。川内は自慢の俊足を飛ばして逃げる。ふたりの差はぐんぐんと広がった。つい先日までプロ野球選手だった男の足に追いつけるはずもない。

やがて見ている木屋から米粒のように小さくなったあたりで、川内は通りを曲がった。男が追いかけるのを諦めたのがわかった。

「きさん……」

足元にうずくまる男の声で、木屋は再び我に返った。

駆け出してタクシーに飛び乗り、「東京駅まで!」と告げた。

一刻も早くこの場所を離れたい。

東京駅につくと、折りよく「特急つばめ」の発車時刻が迫っていた。大阪までの切符を買って乗り込む。

――はよう発車してくれ。

追っ手のふたりが間に合うとは思えない。それでも気が気でなかった。

発車して横浜を過ぎたあたりで、ようやく安堵《あんど》した。

同時に、睡魔が襲ってきた。

6

「ほう〜、まっこと見事なもんたい」

田宮が嘆声をあげた。

出目銀《でめぎん》と呼ばれる老人が、サイで三度つづけて七の目を出したのだ。それも「一・六」「二・五」「三・四」と振り分けて。事務所につめる若い衆も目を丸くした。

この爺さんは昨晩、洲之内に連れられてやってきた。ふたりは古くからの兄弟分だという。

「すこし面倒見てやってくれ。気まぐれもんやけん、いつまでおるか判らんばってん」

小柄で足の軽そうな老人は、ちょこんとソファに座った。

「兄《あん》さん、あんまり気ぃ遣わんといてぇな」

いかにも旅を住処《すみか》としてきた男らしい、垢抜《あかぬ》けた挨拶だった。

晩酌を共に傾けると、この老人がかつて、遠く関東から北陸まで鳴り響いた博徒であることが判った。

「兄さんの親分も、九州じゃ三本の指に入る博徒やけどね。綺麗《きれい》な博打打ちよる」

片足を土建業に踏み入れているとはいえ、田宮も半博徒だ。老人の謂《い》わんとすることはよく判った。結局、博徒の行き着くところは勝った負けたではない。賭場での胆力と所作の美しさにこそ貫目が表れる。セコい博徒のしみったれた博打を見るくらいなら、本物の博徒の負けっぷりを鑑賞したい。そこに惚れこむ者が出てくるのが、この世界の不思議なところだ。

　出目銀は田宮のお酌をうけながら言った。

「むかし、総長博打があってなァ。そんとき洲之内の兄弟は、買ったばかりの家を売っ払って構えを取りよった。息呑んだで。こいつと兄弟分になりたい、と思うた。〝胴喰いの洲之内〟いうたらキツいんで有名やった。兄弟が姿を現すと、胴元はぶるぶる震えたもんや」

　田宮は親分を褒められていい気分になった。この爺さんを、最上位の客分として礼遇することに決めた。つまりは、好いたのである。出目銀にもその感触は伝わったと見える。それで朝からサイ振りのお披露目とあいなったわけだ。

　出目銀が七度つづけて七の目を出したところで、若頭の赤波が入ってきた。

「人、払《はろ》うてくれ」と赤波が言った。

　田宮があごをしゃくると、若い衆は事務所を出て行った。

「これは出目銀の叔父貴《おじき》。お早《はよ》うござんす」

「朝から人払いとは精が出るのう。わしも払おう」

「滅相もなか。ただ、今から話すことは親父には――」

「あい判った」

　赤波は田宮に向かい、声をひそめた。

「昨晩、親父の賭場にシッピンの達《たつ》とかいう盆暗《ぼんくら》が来よってな。これがとんでもない奴たい。回銭はちょろまかすわ、出前のメシはひっくり返すわ……。旦那衆の手前、すこしヤキを入れちゃろうと思ったんやけど、これが北影《きたかげ》んとこの客分たい」

またか、と田宮は思った。このところ北影組の若い衆が、洲之内一家の賭場で一悶着《ひともんちゃく》おこす事件が立て続けにあった。

北影組は博一会の同門である。洲之内一家とはいわば親戚筋にあたる。昨年、博一会の総長が亡くなり代替わりしたとき、組長の北影は本家の若頭に就任した。つまり本家のナンバー2に座ったのだ。

亡くなった総長と親しかった洲之内は、そのとき本家の顧問となった。本家の新執行部にしてみれば、洲之内は尊敬すべき博徒であり叔父貴分ではあるが、煙たい老人でもあった。

「筋をやかましく言い立てる昔気質《むかしかたぎ》の博徒」

とでも思われているのだろう。そのことは、洲之内一家の者もうすうす気がついていた。

そしてまずいことに、洲之内一家と北影組の縄張りは、中洲で蜘蛛《くも》の巣のように絡《から》まりあっていた。つい先日も、下っ端同士が飲み屋で小競り合いを起こしたばかりだ。

「若頭、そりゃ賭場荒らしやないですか。北影んところもええ加減にせんと……。俺が行きましょか」

「まだそれには及ばん。中山の顔もあるしな」

赤波が顔を顰《しか》めた。

中山は、北影組の若頭と兄弟分である。本来ならそのルートで無体な行為を止めさせるべきではあるが、赤波は中山をそこまで信頼していないのだろう。そのことは、街場の喧嘩《ゴロ》でも眉ひとつ動かさない赤波が顔を顰めたことでも判る。そもそもナンバー2がナンバー3を通り越して、こうしてナンバー4のところへ相談に来ていることでも事情は察せられる。

とはいえ赤波と中山は、古くからの兄弟分である。頑として博打一本でシノぐ洲之内と赤波を横目に、中山は組の汚れ部門を一手に仕切ってきた。義理事の出費があるときは、中山の金庫から資金が出る。

田宮も「中山の兄貴は頭が切れる」とは認めていた。少なくとも自分とは比べ物にならないくらい、よく切れる。だが、それはそれだけのことだ。田宮の二分法によれば「賢い」の反対語は「馬鹿」ではない。「潔い」である。賢さだけで渡世を切り拓《ひら》いていこうという人間は、要領がいいだけだ。田宮はその程度に思っていた。

「本家も、親父をもちっと大切にしてくれんかのう……」

ふたりが沈黙したのを見て、出目銀が言った。

「そのシッピンの達ゆうんは、よう知っとるで。仁義もへったくれもない、大阪の狂犬や。腕っぷしだけは滅法強いがな。相手が四人までなら一人でも必ず勝つ。それでついた名がシッピンの達や。そんな男をわざわざ抱えるとは、北影っちゅう親分も酔狂な男やなぁ」

「そげな荒くれもんが、なして博多に」

「どうせ食い詰めたんやろ。鼻つまみもんで、誰《だ》ぁれも相手にしてくれん。厄介払いとちゃうか」

「それを北影んとこが拾うたか……。それにしても客分とは納得がいかん」

「口を挟んで済まんかったな。ちょっとパチンコでもしてくるわ」

出目銀がいなくなると、赤波がふっと笑った。

「それはそうと、中山が親父に吹きよったぞ。田宮は逃げた女郎のひとりも捕まえられん、とな。そうなんか」

「ええ、それは……」

「まあ、よか。今回のことは耳に入れとこうと思うただけたい。それじゃ」

赤波が出て行くと、田宮は「兄貴にしちゃよう喋《しゃべ》ったな」とすこし可笑しかった。

すると赤波が戻ってきて言った。

「ええ事務所やないか」

これがこの人の精一杯の世辞か、と思うと、いよいよ可笑しかった。

7

「お客さん、終点ですよ」

木屋は車掌に揺り起こされた。ホームに出ると夜になっていた。朝方の捕物帖が、まるで昨日の出来事のように思える。八時間弱の長旅だった。

窓口で博多行きの切符を購《もと》めた。出発まで二時間弱あったので、改札を出てなじみの定食屋へ向かった。幸い、のれんが掛かっている。

「おばちゃん、正月から精が出るね」

「あら木屋ちゃん。貧乏ヒマなしや。今日は試合ちゃうやろ」

「うん。私用たい」

「大阪に親戚でもおった？」

「ま、そんなとこ。モツ煮定食ちょうだい」

運ばれてきた煮込みの味噌汁《みそしる》が、空腹に染みた。

ものの五分でがつがつと搔《か》き込んだ。

煙草《タバコ》に火を点《つ》けてようやく人心地ついたところで、

――そういえばこの店は野上《ガミ》さんのホームやったな……。

と先輩記者の顔が思い浮かんだ。すると今朝方の川内のことがあいまって、たちまちあの晩のことが思い出されたのだった。

あれは川内が二軍生活二年目を迎えた夏のことだ。木屋は在阪スポーツ紙の記者・野上《のがみ》と中洲のバーへくりだした。記者連中がときどき止まり木に使う「純《じゅん》」というバーだ。

野上はベテランの名物記者である。歳は一回り以上離れていたが、なぜかウマが合った。野上が博多へ来たときは「おや、南海のスパイが来よった」と迎え、木屋が大阪へ乗り込んだときは「や、西鉄の間諜《かんちょう》」と返り討ちに遭う。木屋の次男坊気質が可愛がられたのかもしれないし、呑むと西鉄の「企業秘密」をぺらぺら喋りだしてしまうところも面白がられたのかもしれない。

「木屋ちゃん、記事は事実《ファクト》、事実《ファクト》、事実《ファクト》やで。新聞は一日経てば紙クズや。せやけど三十年後には歴史の一級資料になる。そのつもりで書かんと、記者なんかやってられへんで」

そんなことを教えてくれた。

また野上は一種の神眼のもちぬしでもあった。練習を眺めて「あいつ、腰かばっとるな」と野上が漏らすと、その選手は何日かして必ず登録抹消された。

「日本でいちばん野球を知ってるのは三原さん。次が俺」

と言って憚《はばか》らなかった。関西弁の巨漢だけに、愛嬌はある。

その日もカウンターでウィスキーをやりながら白球談義に熱が入った。

すると後ろから声が掛かった。

「こら！　こんなところで酒なんぞ飲みやがって！」

豊田泰光だった。うしろには川内もいる。

――へえ。このふたり、つるんどるのか。

木屋が思うや否や、

「昨日の記事、あれはなんじゃ！」

と豊田が言った。

「いや、あれは――」

「よくも書いてくれたな。〝豊田トンネルまたも開通か？〟だと？」

豊田は入団一年目からショートを守った。またたく間に、その打棒と失策《エラー》が平和台名物となった。ヤジのきつい平和台のことだ。エラーをするたびに、

「よそもんは水戸へ帰れ！」

とか、

「三原ぁ〜。豊田を使うな。さてはお前の隠し子か！」

と罵声が飛んだ。三年目に入ったこの頃には、じつは名手の部類であった。しかし博多で「豊田のトンネル」といえば誰にでも通じる。新聞記者が利用しない手はない。

「だってほんとにトンネルしよったでしょうが。それに見出しを付けたのは僕じゃなかですたい」

「タイもコイもあるか！　故郷《クニ》でまた悲しむだろう！」

「水戸で西九州新聞は売ってないでしょう」

「後援会が毎日送ってるんだよ！　なにが俺とお前は同期の桜だ。地元選手を腐してどうする。こっちは真剣にやってエラーしとるんだ。打って取り返せばよかろう！」

まあまあ、と野上が間に入ってくれた。

「記者は因果な商売でな。エールだと思いなはれ。俺だって野村克也《ノムヤ》がチョンボしたら記事にするで」

「そうは言っても、書き方ってもんがあるでしょう」

こうと決めたら年長者にも喰ってかかるのが豊田青年の真骨頂である。

「それよりも豊田《トヨ》。おぬし北新地《キタ》に女《コレ》ができたらしいな」

野上記者が小指を立てた。

「ハーパーってクラブのミキちゃんやって？　この前訊かれたで。『こんど西鉄の試合があるのはいつなん？　早く豊田《トヨ》ちゃんに逢いたいわぁ』やて」

「なんで知ってるの？」

豊田は思わぬ隠しダマに目を丸くした。

「ふふふ。それが稼業なもんやさかい」

「敵わんなぁ。野上《ガミ》さんの地獄耳には。俺、やんなっちゃった。帰るよ」

豊田は舌をペロッと出し、「お前はどうする？」と川内に訊いた。

「木屋さんとは久しぶりやけん、話していきたか。よかですか」

「ああ、よかよ」と木屋は言った。

「あっそ。じゃ、俺のボトル飲んでいいよ」

豊田はそう言い残して出ていった。

「久しぶりやのう」と木屋は言った。「野上《ガミ》さん、紹介します。こいつは二軍の川内です。仰木と同期ですたい」

「そうか。ポジションはどこ？」

「いまは内野やれと言われとります」

「ふ〜ん」

野上の目が泳いだ。哀れんだのだろう。西鉄の内野陣はサード中西、ショート豊田、セカンド仰木、ファースト河野《こうの》。仰木がセカンドに定着してからは、鉄壁の布陣である。

「豊田《トヨ》が飲ませてくれるの？」と野上が言った。

「はい。時おりですが」

二軍は中洲の中心街で飲んではいけない、という不文律があることは、野上も知っているはずだった。西鉄の二軍選手は川端の屋台で安酒を飲みながら、「いつか川を渡って中洲のど真ん中で飲んでやる」と奮起するのである。

西鉄の一流選手の行きつけといえば「上海」「赤い靴」「アザミ」「みつばち」あたりだ。

――今ごろ仰木はそこらで飲みよるか。

と思うと、木屋も川内を哀れに思わないではなかった。三原監督は徹底した実力主義者である。二軍選手の食卓には一軍の食べ残しを出すし、ユニフォームだってお下がりだ。極端な待遇差は、他球団にも聞こえるほどだった。

しばし、三人で飲んだ。

川内が内野手の修業中ということもあって、三原監督が日本に導入した「3・6・3」と「3・6・1」のダブルプレーについて熱く語り合った。気がついたら、本当に豊田のボトルを空けてしまっていた。

「俺はひとり暮らし始めたけん、こんど訪ねて来い」

木屋は川内に住所を記したメモを渡した。

それから川内は、木屋のアパートをちょくちょく訪ねてくるようになった。というよりも、入り浸るようになった。

木屋が夜勤で遅くなった晩のことだ。帰ると、ポストの鍵で入った川内が野球雑誌を開いて寝転んでいた。コップ酒を相当やっている様子だ。

「あしたは練習休みか」

「うん。それよりか聞いてよ淳さん。双葉を身請けするのにいくら掛かると思う？　三百万やて」

新聞社につとめる木屋の月給が一万四千円である。

「吹っ掛けたもんやな」

「足抜けさせてやりたかばってん、そげな大金誰が持っとうね」

「お前が稼ぐよりなかろうもん」

「そのつもりたい。一軍に上がってバリバリ稼いで、双葉を落籍《ひか》せちゃる。それで中洲で店を持たすんや。ケン坊も引き取るぞ。双葉はあの子のことが不憫《ふびん》でならんち言いよるけんくさ」

川内が双葉に入れ揚げ始めたのは、ほんの数ヶ月前のことだった。猛練習にあけくれる二軍選手の唯一の楽しみといえば女郎買いだ。花街をそぞろ歩くうち、川内は双葉に行き当たった。三日にあげず通い詰めるうち、双葉が漏らした。

「じつは百道の孤児院に弟がおるとよ」

それを川内から伝え聞いたときは、木屋も仰天した。だが中洲は狭い。ケン坊の姉がそこに身を沈めていることは知っていたから、偶然といえば偶然。しかし中くらいの偶然だ。

ケン坊が木屋の学生時代からの弟分と知った川内は、みその苑を訪ね、キャッチボールの相手をしてくれた。

そのときの様子を、川内は話して聞かせた。双葉は顔を輝かせ、次に頬を濡《ぬ》らした。

「あの子が口を利けんのは、生まれてすぐ両親が目の前で焼け死ぬのを見たからなんよ」

と、理屈にあわぬことを口走ったらしい。

川内はコップ酒を飲み干した。

「淳さん、千円ばかり貸してくれんか」

プロ野球選手とはいえ、二軍では高給取りとまではいかない。

「よかよ」

木屋がさしだした千円を握りしめ、川内はアパートを出て行った。行き先は知れている。

――あいつが一軍に上がって、ねぇ……。

新米とはいえ木屋も野球記者だ。川内が一軍に上がって活躍するのは、控えめに言っても、かなり先のことに思えた。抜群のセンスの持ち主には違いない。だが大下、中西、豊田といった天才たちの中では霞《かす》んで見える。

しばしば川内に無心される心許《こころもと》なさはさておき、もちろん木屋だってケン坊の姉をどうにかしてやりたい。だが「戦後は終わった」とは名ばかり、ケン坊と双葉は、果てしなく続く戦後を生きていくより仕方なく思えた。

博多の街を見れば判る。舗装されるのは幹線道路ばかりだ。一本道を逸《そ》れれば、水溜《みずた》まりと、犬にリヤカーを曳《ひ》かせる紙くず拾いと、米兵の靴磨きで生計を助ける少年の姿が、まだまだあふれている。

彼らはその日その日を真剣に生きていた。

ゆえに、真剣に娯楽を求めた。

狭い中洲には二十館を超える映画館がひしめき、平和台球場に行けば西鉄の野武士軍団が躍動している。映画と野球こそが本物の娯楽なのだ。博多庶民は「ちょんまげドラマ」と「大下のホームラン」に夢を託し、溜飲を下げ、生きる糧とした。

もちろん、こんなふうに人びとが映画と野球に行けるようになったのは「復興」の賜物《たまもの》だ。かつて二百四十《ニコヨン》円と呼ばれた日雇い労働者の日給は着実に増額している。

しかし孤児と娼妓に、それは当てはまらない。いつまで経っても、復興の恵みが彼らの頭上へ降り注ぐことはなかった。この世に不治の病は数々あれど、もっとも手に負えない病気のひとつが生来の貧乏なのだ。双葉とケン坊は、年端もゆかぬうちからその十字架を背負わされて生きてきたのである。

大阪発、博多ゆきの出発時刻が迫ってきた。

木屋は硬い椅子に腰をおろし、窓の外をずっと眺めていた。

列車が動き出す。

木屋は川内の背中を思い返した。白山通りを一目散に逃げる川内の背中が、何かを象徴しているように思えてならなかった。

やがて関門海峡にさしかかったあたりで、心がすこし身構えた。

――帰れば、敵が待ち構えとるな。

ぶるっ、と武者震いがひとつきた。

8

「このバカタレ！　それでのこのこ帰って来たとか！」

田宮の罵声が飛んだ。ふたりの子分は正座したまま「へい」とうな垂れた。

「だいいち相手はプロやった男やろう。なして頭を使わんか。その頭は空っぽか。さぞかしいい音を立てるやろうな。ど頭《たま》でスイカ三つずつ割っとけ！」

「あの、親分」とナツヒコが言った。

「なんや」

「今は冬ですけん、冬瓜《とうがん》でもよかでしょうか」

「なんでもよか！　お前らに割られる冬瓜の方がかわいそうたい！」

田宮は事務所を出ると、西九州新聞社の受付へ直行した。情けないやら、阿呆くさいやら、今にも頭から湯気が出そうだ。

「木屋さんおるか」

「あいにく外出しております」

「ふうむ」

「何かご伝言でも？」

「隠し事したら殺すと言うたはずや。そげん伝えてくれ」

受付嬢の顔が蒼白《そうはく》となった。

「あ。冗談たい。そうじゃな。月夜ばかりとは限らんぞ、と。うん、それでいこか」

「月夜ばかりとは限らんぞ、と。ですね」

「と。は要らんたい」

田宮は新聞社を出ると、「我ながら風流な言い回しを思いついたものだ」とほくほくしつつ、那珂《なか》川の屋台をめざした。

「焼き芋を二十個」

「はいよ親方。持てる？」

「持てるたい。つりは要らんよ」

田宮は両腕のあいだから湯気をたちのぼらせ、現場へ向かった。まこと、神出鬼没の男である。

「おーい、差し入れやぞ〜」

「あ、親方！」

田宮は足場を見上げた。ニヤリとする爺さんがいた。出目銀だ。手甲《てっこう》、地下足袋、ニッカボッカに身をつつんで、するすると降りてきた。

「なんばしようとですか」

「昔取った杵柄《きねづか》や。懐かしくってなァ。ちょっと手伝わしてもろてたんや」

「この方、親方の客人なんですって？　もうサイコロが強いのなんの」

「この人と張っちゃいけんよ。お前らの日当なんぞ五分で巻き上げられる」

「げえっ」

「ほれ食え」

「親方。こんなに芋喰いきれません」

「そうか。ちょうどよか。次んとこの土産にするけん」

「次はどこへ？」と出目銀が言った。

「海っぺりの孤児院ですたい」

「預けとる子でもおるん？」

「ははは、そげなこたなか」

「わしもいくよ」

出目銀はぺたぺたと足音も立てずについてきた。この爺さんは生粋の風来坊らしい。

頼もう、と呼ばうふたりを見て、みその苑の女性苑長は困り果てた顔になった。いかにもな男と、鳶《とび》の恰好をした爺さんが、焼き芋を持って立っている。

「どういうご用件でしょう」

「ケン坊っちゅう子がおろうが。ちいと話ばさせてくれんか」

「どういったご用向きで？」

「身内のことたい。ごちゃごちゃ言わんと、話させてくれ」

子どもたちが玄関に集まってきた。好奇心と怖いもの見たさで、遠巻きに眺めている。中からひとりの少年がスッと出てきた。

「お前がケン坊か」

「…………」

「この子は口が利けません」苑長がきゅっとケン坊の肩を抱いた。

「なんや、啞《おし》か。焼き芋喰うか？」

ケン坊は首を横に振った。知らない人から食べ物をもらってはいけないと教わっている。

田宮はしゃがんで声をひそめた。

「お前の姉ちゃんがおらんごとなったとは知っとろうが。便りはあったか」

ケン坊は首を振った。

「もし便りがあったら、おじさんに知らせてくれ。悪いようにはせん。この名刺に連絡寄こすんじゃ。わかったか。ほれ、百円やるけん」

「やめてください！」苑長が顔を赤く染めて言った。

「いかんか？」

「いけません！」

「それじゃこれ。みなさんで食べてください」

苑長は焼き芋を受けとった。受けとれば帰ってくれると思ったのだろう。

気がつくと、出目銀が玄関の色紙を見上げていた。

〝球道無限　大下弘〟

とある。

帰り道、出目銀が言った。

「お前さんも尻のあったまらん男やな」

「旅かけて暮らしてきた銀さんに言われとうなか。ところでさっきの色紙ですけど」

「ああ、なかなかの筆鋒《ひっぽう》やったな。さすが大下や」

田宮は出目銀と別れると、天神のデパートで筆墨《ひつぼく》と色紙を購めた。

事務所で墨を摩《す》る。

なにかが足りないと思っていたのだ、ヤクザの事務所にしては。いずれ親分に一筆もらうとしても、それまでの繋《つな》ぎはおのれの筆でよかろう。

田宮は墨痕《ぼっこん》あざやかに記した。

〝極道無限〟

子分たちが集まってきて「なんかカッコよかですねえ」と褒めてくれた。

「どの道に進むのであれ、道というものは無限なんや」

そう言うと、自分でもそんな気がしてきた。哀しいことに、田宮組に文字間違いを指摘できる若い衆はひとりもいなかった。

「さて、と。今晩はちいとばかり荒っぽいマネせんといかんぞ。用意しとけ」

9

取材から戻ると木屋はデスクにメモを見つけた。

午後二時、田宮氏来訪。伝言アリ。「月夜ばかりとは限らんぞ」。

木屋はくちゃくちゃに丸めてクズ箱へ捨てた。

——なにを芝居のセリフじみたこと抜かしよって……。

受付嬢も真正直に伝えてきたものだ。ひょっとしたら、伝言の意味するところが判らなかったのではないか？

木屋は気を取り直して原稿用紙に向かった。取材を終えて火照《ほて》ったままの頭で書くと、記事に独特の熱がこもる。そのぶん、修辞の甘くなることがあるが、それは冷却後の頭で見直せばいい。

木屋は記事に取り掛かった。

「天空奔馬」──大下弘談話

昨シーズン、わが西鉄ライオンズは悲願の日本一を果たした。宙を舞う三原監督。その総大将を歓喜のうちに見守りつつ、唇をかむ英雄の姿があった。大下弘である。大下は昨シーズン、不振にあえいだ。プロ入り以来初のホームラン一桁に終わった。7年続けた3割も途絶えた。打率.259、本塁打4本。この天才に何が起こったのか？　記者は早速大下邸へ馳《は》せ参じた。

──昨年は腎炎に泣かされましたね。

うむ。だが病気のせいにはしまい。三原さんを男に出来たのは何よりだった。僕自身は情けない成績だったがね。中西、豊田、稲尾ら若い力が頑張ってくれた。

──本塁打4本は寂しいですね。

面目ない。むろんホームランも大事だが、究極的にはバッターは打率だ。川上さんを見れば判る。僕もアベレージヒッターに転向する腹積もりだよ。今季は打率も不甲斐なかったが、来季を見ていてくれ給え。

──博多に来て5年が経ちます。住み心地はいかがですか。

そりゃいいさ。僕はここに骨を埋める覚悟で来たんだ。住み着いた当初、薬院《やくいん》の町の人びとが訪ねてきてネ。「あんたどげな気持ちで来なさったと。嫌々来たんじゃなかとですか」と言うから、僕は「博多の街に尽くす気持ちです」と正直なところを告げた。すると翌日から、魚や野菜がどっさり届くようになったよ。爾来《じらい》、わが家では台所の買い物をしたことがない。博多の人は情に厚いネ。この前も若い選手から聞いた。中洲で深酒してたら怖いお兄さんが出てきたそうだ。「あした南海戦やろう？　もう帰って寝たほうがよか」。街をあげて応援してくれるのが何より有り難い。僕は博多の街を郷里のように思っている。

——大下さんも少年野球チームを率いて地元に恩返ししています。

あれは僕のほうが遊んでもらってるんだ。少年に交じっていると心が洗われる。少年の心ほど清らかで、美しく、誇り高きものはない。彼らのためにも来シーズンは捲土重来《けんどちょうらい》を期したい。見ていてくれ。きっと打つから。

木屋は一気呵成《いっきかせい》に書き上げて、フーッと息をはいた。埋め草記事ではあるが、読者は満足してくれるだろう。昨シーズンは不調だったが、新聞における大下の神通力はいささかも衰えていなかった。困ったときの大下頼み。シーズンオフのスポーツ欄は、毎日が綱渡りなのだ。

原稿を抽斗《ひきだし》にしまい、湯呑みへお茶を注いだ。そして煙草に火を点けると、大下のオフレコ話が思い出され、自然と笑みがこぼれてきた。実際のところ、取材では世間話のほうが長かったくらいだ。

大下はシーズン中、新人の稲尾を説得し、筆下ろしをさせたそうだ。

「童貞の君を、チームの選手が信じて守ってくれると思うかい」

そう言われ、稲尾は素直についていった。大下は三つの訓示を垂れた。

「一つ、素人には手を出さぬこと。二つ、必ず金を払うこと。三つ、娼妓からプレゼントを受けとらぬこと」

稲尾はこの三つを守ると誓って、無事大人になったという。

さらに大下は言った。

「木屋ちゃんの手伝ってる孤児院でも野球チームを作りなよ。うちと対戦させよう。ユニフォームや道具は僕が進呈するからさ」

宵越しの金を持たぬ大下らしい申し出だった。大下は時の総理大臣よりも高給取りではあったが、まるで金銭感覚というものがない。だから家計はいつも火の車なのだと、鉄子《てつこ》夫人が言っていた。

——さて、原稿の見直しは明日にするか。

時計を見ると夜十時を過ぎていた。木屋は新聞社を出た。屋台でメシを食ってからアパートへ帰ろうと歩み出したとき——

「おい、待ち草臥《くたび》れたぞ」

田宮が立ちはだかった。ふたりの子分が控えている。あのときのふたりだ。

「早速おでましか。今晩は月が出とるやないか」と木屋は言った。

こんなこともあろうかと、心の準備だけはしていたつもりだ。しかしこうして囲まれてみると、地上から三センチばかり足が浮き上がった感じがする。木屋が股間を蹴り上げた男は、いまにも飛び掛からんばかりの形相だ。

「安心せい。手荒なマネはせん。ちぃと事務所まで顔ば貸してもらおうか」

連れて行かれたビルの一室は、殺伐としていた。

――ほう。ヤクザはこげなところを事務所に使うのか……。

ピンチでも好奇心がもたげてくるのは、新聞記者の習性だ。

見回すと、下手くそな字で色紙が貼りつけてある。

〝極道無眼〟

木屋は隻眼《せきがん》のヤクザを想像して、なんとなく薄気味悪い感じがした。意味は判らぬが、いずれにせよこの方面の専門用語なのだろう。その色紙の下に日本刀が飾られているのも、いい気持ちとは言いがたい。

ぶるったらこいつらの思うツボたい、と木屋は自らを奮い立たせた。

「そこに座れや」

粗末な木椅子に腰をおろすと、股間を蹴られた男が陰惨な目つきで見おろしてきた。

「親分、ちぃと借りば返させてもらってもよかですか」

「いかん。こいつは堅気たい。茶でも淹《い》れてやれ」

「ちゃ、茶ですか⁉」

「客は客たい」

「……へい」

木屋が股間を蹴りあげた男は、ナツヒコというらしい。ナツヒコは茶を淹れに立った。木屋はひとまずホッとした。すると田宮が「でもなブンヤさん」と目を据えて言った。

「隠しごとしたら、あんたも同罪やと言うたよな？」

「隠したわけじゃなか。状況を確認しようとしただけたい。お前たちが邪魔せにゃ話し合いもできたやろうに」

「舐《な》めた口利くなや！　逃げられたと。どこにおる！」

急須を持ったまま、ナツヒコが言った。

「知らん。だからお前らが邪魔せんかったらよかったとたい」

「ブンヤだからって安心すんなや。やるときはやるど」

「おお、やれや」

「やったるわい！」

「まあ待て」

と田宮が言った。

「ええか、ブンヤさん。そもそもあいつらが駆け落ちしたんが悪いんや。それはお前も判っとろ？」

木屋は答えなかった。それを言えば、そもそも双葉をあそこに売り飛ばした奴らが諸悪の根源だ。

「俺たちは必ず捕まえる。どげんしてでも捕まえる。俺たち、素人に舐められてそのまんまじゃ、メシの食い上げたい。ええか、もう隠すなよ。あの啞のガキんとこにも、なんも言うてきてなかか？」

「きさん、ケン坊んとこにも行ったとか！」

「俺が訊いとるんじゃ」

「ケン坊に手ぇ出したらタダじゃおかんぞ」

「はよ答えんか」

「言うてこんわい」

「それじゃこうしよう。またお前んとこに川内から連絡があるはずたい。そんときは隠さんと約束するか」

木屋はグッと詰まった。こうなることは目に見えていたのに、対応を決めかねていた。

「どっちなんじゃ」

「あいつらを捕まえて、どげんするとか」

田宮はふん、と鼻を鳴らした。

「法律どおりに裁くとたい。ただし俺らの世界の法律やがな」

「それが判ってて、みすみすヤクザもんに引き渡せるか」

田宮の目がギラリと黒光りした。目の底に野性が漲《みなぎ》っている。ナツヒコが「殺すぞ」とナイフを開いた。

木屋の生存本能が、思わぬかたちで火を噴いた。

「おお、やるならやれや！　こっちも天国行って兄貴とキャッチボールの続きがしたか。ほれ、さっさとやらんか！　口だけか。やれるもんならやってみい！　ばってん、堅気をやって娑婆《しゃば》に戻れると思うなよ。その覚悟はあるとか。このバカタレが！」

ナツヒコの顔からスッと血の気が失せた。

やられる、と思った。つい口走った自分の軽率さを呪った。

「やめとけ」

田宮が言った。「虚勢を張りおってからに。ところできさん……兄貴がおったとか？」

「戦争で死んだばい」

「名は？」

「聞いてどうする」

「いいから言え！」

「木屋一弘じゃ」

田宮の顔色がサッと変わった。

「どげんした？」と木屋は言った。

田宮は答えない。五感が動きを止めたようだ。目は何も見ず、耳は何も聴こうとしていない。

「木屋……さん」

「お前、兄ちゃんのこと知っとるとか？」

木屋は不審に思いながらも、人混みの中からひょっこり兄が顔を覗かせた気がした。

「おい、なして知っとるんじゃ。どこで兄ちゃんに逢うたとか？」

田宮は唇を震わせ始めた。尋常でない様子に、子分たちは顔をうかがい合った。

「おい、聴いとるんか！　どういうことなんや？　なしてお前が兄ちゃんのことば知っとうとか？　なぜや？　おい、なぜなんや？」

10

一九四五年、フィリピンのミンダナオ島。陸軍二等兵として――つまり最下等の初年兵として――田宮は致命的なあやまちを犯した。

ぼちぼち心細くなってきた糧食を補おうと、中隊長は現地民からの接収を命じた。バナナ、砂糖、芋、タバコ、耕牛。現地民の従順な姿を見て、中隊長は満足気に言った。

「みんな親日家なんだ」

田宮は露骨に軽蔑の表情をうかべた。

――銃が怖いからニコニコ差し出しとるだけじゃ。なしてそげん簡単なこつが判らんか。

田宮は赤貧洗うがごとき筑豊の炭鉱街で育った。召集令状《あかがみ》が届いたときは、博多で土方をしていた。貧しい現地民の心は手に取るように判る。

――それが、恵まれた幹部候補《カンコウ》あがりの人間には判らんのじゃ。

日頃から軍隊の理不尽に耐えているという思いも手伝って、

「けっ、阿呆《あほう》が」

という言葉が口をついて出た。これが思いがけずよく響いた。

「田宮っ、いま何と言った！」

中隊長のそばに控える下士官が言った。この男は上官に阿《おもね》ることと、木《こ》っ端《ぱ》兵隊の粗《あら》探しに生き甲斐を見出《みいだ》しているような男だ。

「なんでもありません！」

「言っただろう。正直に言え！」

「物資の保存状態を見て、こいつら阿呆か、と思ったであります！」

下士官はなおも追及しようとしたが、中隊長が止めた。その場はそれで収まった。しかし中隊長の冷たい視線が田宮を射抜いた。しまった、と思ったがあとの祭りだった。

翌日から井戸掘りを命じられた。不寝番《ねずばん》明けでも、仮眠すら与えられなかった。

三日目には、起床後の点呼で眩暈《めまい》を感じた。

中隊長が何かを喋っている。

「戦況ここに至っては……この駐屯地をいったん引き払い山中にて……武士道の心構えをもって……」

まったく頭に入ってこない。

下士官は田宮を兵舎の裏へ連れて行き、殴った。

「中隊長殿の話を要約してみろっ」

武士道とは、とつぶやいてあとが続かなかった。

下士官はもういちど殴った。

「たるんどるんだ貴様は！」

田宮は何かにつけて「武士道」や「葉隠《はがくれ》の精神」をもちだす中隊長の訓話が苦手だった。これまでも二度ほど「要約してみい」と言われて答えられず、「この低能が！」と殴られたことがある。

その日の夕方も、田宮はひとりで井戸を掘っていた。水脈もたしかめず闇雲に掘っているのだから、水は湧いてこない。体力の限界を感じた。

ふと空を見上げると、血のような夕焼けが空を染め、雲がどこまでも棚引いている。

――これが俺の墓穴になるんじゃなかか……。

煤《すす》けた炭鉱街で育った田宮には、熱帯の鮮かな原色世界が、いまは目に痛い。

するとひとりの僚友がやって来た。

「ほれ、食え」

よく実ったバナナが二本。田宮はむさぼり食った。

「木屋さん、申し訳なかです」

「災難やったな」

おなじ初年兵とはいえ、田宮はひとつ年上で同郷の木屋一弘を慕っていた。炭鉱でも土方現場でも軍隊でも、ここまで自分を可愛がってくれた人物はいない。木屋は年下の人間には優しく、年上の人間には礼を以《も》って接した。木屋を悪くいう人は部隊にいなかった。

あるとき、こんな噂を聞いた。

「木屋は実業団でなかなかの投手だったそうだ。手榴弾を放らせたらきっと凄いぞ」

それを聞いた田宮は、「こんどキャッチボールばしませんか」と誘った。木屋は嬉《うれ》しそうな顔をし、壊れかけた飯盒《はんごう》を持って、現地民の集落を訪ねて行った。

「おい、やるか」

木屋が持ち帰ったのは、樹の蔓《つる》を幾重にもかさねて縛ったグローブだった。現地民に作ってもらったらしい。

「ボールは?」

「じつは持ってきてあるんだ」

木屋は背嚢から硬球をとりだした。〝生きる〟とインキで書かれている。

――ふふ、木屋さんに目にもの見せちゃるぞ。

田宮は肩の強さには自信があった。

というのも、六つのときに父を落盤事故で亡くした。以後、ひとりで地中に潜るようになった母を手伝いだした。坑内仕事は、大の男でも音を上げるきつい仕事だ。このとき、田宮の強靭《きょうじん》な足腰と腕力がつちかわれた。

地下坑道は昼でも真っ暗だ。

「早う函《はこ》ば地上《うえ》にあげて、三角ベースがしたかァ」

遊び盛りの田宮少年は、いつもそう思っていた。三角ベースではお山の大将だった。

あの頃の田宮が心の底から欲したものといえば——。仕事と家事で疲れきった母の笑顔。食料の不安がない暮らし。隙間風《すきま》の入らない、冬でも暖かな住まい。お天道様があるうちは目いっぱい三角ベースに興じられる境遇……。

どれもこれも、恵まれた家庭に育った少年ならば、当たり前のように手にしているものだ。だが、三井大財閥が経営する炭鉱ならいざしらず、田宮のような小炭鉱《コヤマ》で育った少年にとっては、どれも目がくらくらするほど羨ましいものだった。母がときおり笑顔を見せると、うれしさと切なさで、ちいさな心臓がきゅっと震えた。

その母も、やがて塵肺《じんぱい》を患い、炭鉱を去ることを余儀なくされた。母は田宮が十二歳のとき再婚し、その二年後に亡くなった。田宮はなかば望み、また母の再婚先からも促《うなが》されるかたちで、炭鉱孤児の寄宿舎へ入った。同時に土方仕事を始めた。

とにもかくにも、田宮は肩の強さには自信があったのだ。

ところが……。

キャッチボールを始めてすぐ、田宮は舌を巻いた。木屋のフォームは流れるように美しく、球速もコントロールも素晴らしかった。

「あ痛たた……木屋さん、グローブにシャツば詰めさせてつかあさい。それに、全力投球はいけんですよ」

「なあに。これでも五分だがね」

木屋がにやりとした。何事も控えめな木屋のことだ。ひょっとしたら四分の力でこの球速なのかもしれない。見物する兵隊たちも「こりゃモノが違う」と口々に木屋を褒めた。

その日以来、ふたりは暇さえあればキャッチボールをした。本来なら「敵性スポーツ」であるが、誰も止めなかった。キャッチボールを眺めることで、彼らもおのれの中の野球小僧の虫をなぐさめていたのかもしれない。みな、白球を夢中に追いかけることで幼少期をやり過ごしてきたくちだ。

木屋はキャッチボールをするたびに、

「俺はいつかマウンドに戻るつもりやけんな」

と言った。兵隊たちには「まるで本物の兄弟のようだ」とからかわれた。


田宮は食べ終えたバナナの皮を投げ捨て、スコップで埋めた。

「木屋さん、武士道精神ってなんですか？」

「なんね、急に」

「もう殴られるのは阿呆らしか。こんど訊かれたら答えられるように教えてくださらんか」

「ああ、そういうことか……」

木屋はすこし考えてから言った。

「あれはスポーツマンシップに置き換えればよか。お前も野球が好きなら判るはずたい。グランド整備で石ころを見つけたら、ポケットにしまうやろう？　キャッチボールでは相手の捕りやすい胸元へ放ってやろうと思うやろう？　卑怯《ひきょう》なことしてまで勝とうとは思わんやろう？　一言でいえば『恥を知れ』っちゅうことたい。『人の見てないところでも己のなすべきことをしろ』っちゅう精神のことたい」

「そう答えれば、今度は殴られんで済みますか」

「それはいかん。一言、『天皇陛下のために死ぬことです』と答えろ」

田宮は思った。木っ端兵隊にまで、嘘《うそ》と本音の二枚舌を強いる軍隊生活とは、いったい何なのだろう？　井戸を掘らせ、部下を殴り、貧しい現地民の食料を奪うことが「武士道」なのだろうか？　敵と闘うなら文句はない。むしろ望むところだ。だが味方の愚劣さと闘うのは、莫迦らしく思えてしょうがなかった。俺らの生活丸ごとが、嘘でぬり固めたものではあるまいか、とさえ思った。

でもそれとは別に、〝スポーツマンシップ〟という言葉には強い印象をうけた。その言葉は、この島の過酷な生活からは現実離れした響きを持っていたが、木屋の口から出ると、爽やかな風に吹かれたような心持ちがする。

「もう戻ってください」

田宮は再びスコップを握った。自分と話しているところを見られたら、木屋にも災厄が及ばないとも限らない。木屋は「どうにかしちゃるけん」と言い残し、兵舎へ帰っていった。

数日後、田宮は井戸掘りの任務を解かれた。田宮を目の敵にしていた下士官も、あまり干渉してこなくなったような気がする。

「木屋さん、どげな手ば使《つこ》うたとですか」

木屋は答えなかった。だが田宮がなおも追及すると、仕方なさそうに口を開いた。

「あの下士官は、もともと鉄鋼会社に勤めておってな。うちの会社とは取引関係があるとたい。だけん、『戦争が終わったら俺がうちの役員に口ば利いちゃる』と鼻薬を嗅がせたんや」

温厚誠実な木屋のどこからそんな知恵が出てきたのだろう、と田宮は訝《いぶか》ったが、ともかくも礼を述べた。木屋は「どうせ空手形たい」と笑った。それは約束を反故《ほご》にするという意味なのか、どうせ二人がふたりとも生きて帰ることはあるまい、という意味なのかは判じかねた。

そうこうするうち、頭上に米機が飛来する日が増えた。

「米軍上陸！　ただちに山中へ！」

号令と共に、五十数名の兵士は仕度を調《ととの》えた。関係文書を焼き、糧食を背負う。マラリアで動けぬ者は、自決用の手榴弾と共にそこへ残された。

山奥へ入ると、中隊長は現地民の連行を命じた。純朴そうな若い男が連れて来られた。彼は言った。

「北も南も東も米軍が包囲している。西だけが開いている。しかもそこには巨大な椰子林《やし》がひろがっていて、一ヶ月は食うに困らない」

田宮は「うそや」と直感した。

――こいつは米軍の意を汲《く》んでこう言いよるとじゃ。

少年時代、田宮は川筋気質の筑豊で喧嘩にあけくれて過ごした。長じてからは、博多の夜で勘所を鍛えた。喧嘩脳には自信がある。

だが中隊長は西へ行軍を始めた。そしてある日、突如どこからともなく湧いてきた米軍の機銃掃射を受けた。田宮の思った通りだった。命からがら逃げのびた者が山中で落ち合ったとき、部隊は二十七名にまで減っていた。

この敗走を期に、部隊にはいいしれぬ雰囲気が瀰漫《びまん》しだした。

ひとつ、上官への不信。

ひとつ、米軍に包囲されていることの確信。

ひとつ、弾薬と糧食が尽きることへの恐怖。

米軍が山に分け入って来るのは時間の問題のように思われた。誰もが死の影の虜《とりこ》となった。

だが、米兵を待つまでもなかった。特効薬のキニーネが切れると、生き残った者たちもマラリアでばたばたと斃《たお》れだした。失禁しておのれの死期を悟った古年兵は「俺が寝ているあいだに撃ち殺してくれ。米軍に捕まってたまるか」と言った。しかしその実行を迫られた者はいなかった。

つぎに彼をおとずれたのは、永遠の眠りだったからだ。

それぞれ背負ってきた二升の米も尽きた。わずか一握りの米塩を残しておいた者は、最後の晩《ばん》餐《さん》のために必死に火を熾《おこ》した。しかし火は熾らなかった。スコールで雨水をたっぷり含んだ森からは瘴気《しょうき》がたちのぼり、マッチも生木も湿気っていた。雑炊づくりをあきらめて生米をがつがつと食らい出した者は、腹をこわして死んでいった。

田宮は足に熱帯潰瘍ができた。木屋もほとんど同時に患った。とくに田宮の潰瘍はひどく、雨に打たれた傷口にはウジが湧き、臭気が漂った。

田宮は朝夕二度、かたつむりのように這《は》って谷川までおりていき、傷口を洗った。這っているうち、いつのまにか蛭《ヒル》が体じゅうに吸い付いてくる。ひっぺがすと、黒いあざに鮮血がしたたった。皮肉なことに、田宮はそれで「俺はまだ生きとるとや」と確認するのだった。

――蛭に吸い殺されるくらいなら、米兵と撃ち合って死んでやろう……。

数分に一度、そんな考えが浮かんだ。もう生きることは考えなかった。死ぬことばかり考えた。目にあざやかな熱帯植物の色彩も、森に木霊する獣の鳴き声も、この世のものとは思えなかった。

――俺は三途《さんず》の川ば渡り始めよるとかもしれんな……。

ふと木屋を見やると、やはり思いつめた顔で何事か思案しているようだ。「いつかマウンドに戻る」という木屋の言葉が、はるか昔日のつぶやきのように思えた。

ある夜のことだった。

斥候《せっこう》が戻った直後、中隊長が召集をかけた。

「翌早朝、十名で米軍の仮設飛行場へ斬り込みを決行する。最期に日本軍の強さを思い知らせてやろうではないか」

残った弾薬が掻き集められた。「尽きたら軍刀を抜いて突進せよ」と中隊長は言った。

選抜隊が読み上げられた。「俺を選ばんかい」と田宮は思ったが、潰瘍で外された。木屋も選ばれなかった。

ところが十名が読み上げられたあと、

「手榴弾を放れる者が必要だな」

中隊長が周囲を見渡した。一同の目が、木屋と田宮へ交互に注がれた。

「おい、そこのふたり。お前らは長男か、次男か」

すかさず口を開いたのは木屋だった。

「私は次男であります！」

「歩けるか」

「はい」

「ではお前が加われ」

散会すると、田宮は「冗談やない」と木屋に詰め寄った。この期に及んで「長男か否か」を問う中隊長の偽善もさることながら、身寄りがないも同然の自分の身代わりを買って出るとは何事か！

木屋は笑った。

「俺の方が肩も強いし、コントロールもよか。お前が行ったら、せっかくの斬り込み隊が一矢も報いず全滅する。それに、お前は行軍について行けんやろ。俺の脚は治ったぞ」

たしかに田宮の傷口は腐敗し、溶けて消えた皮からは白い骨がのぞいていた。

「どうせ長条《ながしの》の合戦たい」

「どげな意味です」

「生きて帰ったら、辞書で調べてみい。命を粗末にするなよ」

木屋の心優しげな微笑みに、

「木屋さん！」

と田宮は思わず叫んだ。

「うん？」

「俺と兄弟分の盃ば交わしてください」

「その必要はなか」

木屋は言下に言った。

「なしてですか」

「俺はお前を、ずっと弟分やと思うてきたけんな」

この一言に、田宮の心はうち震えた。これまでの生涯で掛けてもらった言葉のなかで、もっとも甘美な響きを持っていた。この人のためなら死んでもいいと思った。それなのに……。田宮は短く、獣のように呻《うめ》いた。

木屋は背嚢からボールをとりだし、

「お前にやる」と言った。

「えっ⁉」

田宮は、木屋がまだボールを持っていたことに驚いた。

「お守りは、生者のためにあるもんやけんな」

木屋は〝生きる〟と書かれたとなりに、ナイフでがりがりと文字を刻み始めた。

〝球友へ〟

田宮にも読める漢字だ。

「お前の生存を念じて彫ったとよ。形見代わりたい」

木屋はボールを手渡しながら、田宮の耳元で鋭く一言、「死ぬなよ」と言った。これが木屋と交わした最後の言葉となった。

斬り込み隊は、まだ暗いうちに準備をととのえた。木屋は部隊に残された手榴弾をひとつ残らず腰にくくりつけ、山を降りていった。

朝日が昇る寸前、遠くで砲声がした。

一発鳴ると、すぐに轟音《ごうおん》となった。

残留組は、米軍の弾薬の豊富さに今さらながら啞然《あぜん》とした。

やがてその音は已《や》んだ。

――木屋さん……。兄貴！

田宮はついさっきまでそこにいた木屋の残影へ語りかけた。

――すぐに追いかけますけん、待っててつかあさいよ。

そのつもりで目を閉じると、張りつめていたものが切れるように、田宮はぷつんと意識を失った。

田宮が米軍の捕虜になったのは、その数日後のことだった。大方銃殺されるだろうと思ったが、抵抗する体力も、自決する気力も残されていなかった。もう何日も、谷川の水しか口にしていない。

——死ぬ前に、缶詰めば腹いっぱい食わせろと言うてやろう。

そのことだけを考えていた。

収容施設に連行されると、その望みは叶《かな》えられた。のみならず、「日本は降伏した。お前たちはそのうち故郷に帰れるだろう」と告げられた。田宮はその言葉を信じなかった。

だが三日が経ち、十日が経った。米軍は食事だけでなく、服やブランケットや靴を与えてくれた。塗り薬で、傷口にも快方の兆しが見える。

すると体じゅうの細胞が「帰りたい」と訴え始めるのを感じた。帰って、博多の空気をもういちど吸ってみたい。

——この卑怯もんが!

田宮はおのれの肉体を叱った。しかし「生きたい」という生命の叫びを押しとどめることはできなかった。つい先日まで死ぬことばかり考えていたのに、ここで死なねばならぬ理由が、今は見つからない。

田宮は、あの日思いつめた顔で何事か思案していた木屋のことを想《おも》った。「死ぬなよ」という木屋の最期の言葉が、耳にこびりついて離れなかった。

やがて田宮は捕虜引き揚げ船につめこまれた。

甲板からぽかんと空を見上げ、おのれの哲学を固めた。

世の中には二種類の人間がいる。

敵と味方。男らしい男と、そうでない男。生者と死者。

生きるとは、まだ死んでいないということだ。死ぬとは、生きることが停まることだ。

そう見定めてしまうと、これからの人生の煩わしさが、すこしだけ軽減された気がした。

航海中は、木屋から貰ったボールをぽんと空に放り上げてはキャッチし、無聊《ぶりよう》をなぐさめた。

帰ったら、人に字引の引き方を教えてもらおうと思った。「スポーツマンシップ」と「長條の合戦」について調べるのだ。

11

田宮が訥々《とつとつ》と語り終えた。事務所は水を打ったように静まり返った。子分たちも初めて聞かされる話だったようだ。

田宮は話しているあいだ、うつむいて一点を見つめていた。

過去を思い返しているのではない。時の止まった目をしていた。田宮にとって戦争はまだ終わっていないのだ、と木屋は思った。するともう一人、わが家にも戦争が終わっていない男がいることに思い当たり、

「なあ」

と木屋は沈黙を破った。

「その話を、うちの親父に聞かせてやってくれんか。兄ちゃんの最期ば話してやってくれ。成仏させてやりたいんや。頼む」

田宮はつかのま驚いたが「ああ、よかよ」とつぶやいた。そして机の抽斗《ひきだし》からボールをとりだした。木屋は思わず「あっ！」と叫んだ。あのときのボールだ。

「これ、お前か？」

田宮が〝生きる〟の文字を指さした。木屋は頷《うなず》いた。

「まさかお前の字やったとはな。てっきり木屋さんのええ人が書いたもんやと、今の今まで思うとったぞ」

木屋はボールを手に取った。ざらりとした手触りだ。

〝球友へ〟

兄が牛皮に刻んだ文字をしばらく見つめた。

このボールが兄と共にフィリピンへ渡り、またこうして博多へ戻ってきたのかと思うと、その数奇な運命を思わずにいられなかった。何ものかの意志さえ感じられる。

「持ってくか？」と田宮が言った。

木屋は首を横に振った。「お前が兄ちゃんから貰《もら》ったもんやろう」

木屋はまるで通夜の弔問客のように、事務所からしめやかに送り出された。

「あんときは金玉ば蹴飛ばして、済まんかったな」

ナツヒコに謝ると、この凶猛いっぽうに見えた若者は「ええんです、あれはもう」と意外なほど人懐こい笑みをうかべた。


田宮が木屋家を訪れたのは、三日後のことだった。

木屋の父が店を閉めた夕刻過ぎ、田宮は清酒を二本ぶら下げてやって来た。黒の背広とネクタイに身を包んでいる。両親には「ヤクザもんやけど気にせんでよか」と伝えてあった。

仏間に通された田宮は、祖父母の遺影を見上げてふしぎそうな顔をした。

「兄ちゃんのはまだない。〝証人〟がおらんかったけんな」

田宮は苦笑いを浮かべ、かたちばかり手を合わせた。

居間のちゃぶ台には、すでにつまみと酒が用意されている。

「田宮さん、よう来てくださった。さ、足をお崩しください」

父が言うと、田宮は座布団を外して頭を下げた。

「木屋さんには本当にようしてもらいました。俺のようなハンパもんが生き残って、しんじつ、申し訳なかです」

父は居住まいを正した。

「頭を上げてくれ。あんたは今日、ここに来るだけでも気が重かったやろう。その客人に頭を下げられたんじゃ、こっちも合わす顔がなか。まずは飲《や》ろうやないか」

木屋をまじえ三人で始めた。すぐにお銚子《ちょうし》は空になった。そのたびに母が台所と居間を行き来する。

母が何度目かの往復を終えたところで、父が言った。

「しっかし、あんたと一弘はマラリアには罹《かか》らんかったとね」

これを機に、田宮は先日と同じ話を語りだした。

両親は田宮の話に聞き入った。

話が斬り込み隊の選抜にさしかかり、兄が嘘《うそ》をついて志願したところで、母はそっと前掛けで涙をぬぐった。そして、兄は死んだ。

話を聞き終えると、

「山に入るまでは元気にしとりましたか」と父が訊ねた。

「しとりました。キャッチボールが終わるたんび、配給の煙草《タバコ》ば全部呉《く》れよったです。自分はピッチャーやけん、煙草は吸えんち言うて。戦争が終わったら、またマウンドに戻ると言うておられました」

「その作戦がなければ、兄ちゃんは生きとったやろうか」

木屋は先日も思い浮かんだ疑問を口にした。あくまで、田宮を詰《なじ》る気配が漂わないように配慮したつもりだ。

「それはわからん。あの頃はいつ誰が死んでもおかしゅうなかった。補給は断たれるし、まわりは米兵とジャングルばっかりたい。残留組もしばらくしたら突撃しようと話しておった。どのみち死ぬつもりやったんや。それに木屋さんは、いつも自決用の九九式手榴弾《しゅりゅうだん》ば肌身離さず持っておった。『これだけは何があっても放らん。捕虜になるくらいならこれで自決する』と言うたのを一度聞いたことがある。でも、いざそのときになったら……。いや、わからん。そのときになってみないと、わからんのです」

とうとう母が声をあげて泣きだした。田宮は再び畳に額をこすりつけた。

「済まんかったです。ほんとに済まんかったです。あんとき俺が木屋さんに甘えさえしなければ――」

「やめとくれ田宮さん」と父が言った。

田宮はやめなかった。

一呼吸おいて、父が言った。

「死んだんやな、一弘は。そうやろ？　田宮さん」

田宮は頭を上げ、父の目をじっと見据えた。

「そうです。見事に玉砕ばなされました」

父は頷き、瞑目《めいもく》した。

しばらくそうしていた。カズヒロ……と声もなくつぶやいたのが、口のかたちでわかった。

やがて父は、憑《つ》き物が取れたように眉をひらいた。

「これで胸のつかえが取れました。話しに来てくれてありがとう。ずいぶん辛《つら》い思いをさせたことと思います。見たところあんたは、堅気《かたぎ》な商売やなさそうじゃ。いろいろ経緯《いきさつ》がありなさるのやろう。お国のために頑張ってくださったんやもんな。ご苦労さまでした。ばってん、差し出がましいようですが、せっかく授かった命たい。どうか一弘のぶんまで生きてやってください」

田宮は黙って頭を下げた。

父はお猪口《ちよこ》を手にし、くだけた調子に戻った。

「ところで田宮さん、クニはどこね」

「はあ。親は大分じゃ言うとりましたが、育ちは川筋の炭鉱太郎《タンコタロ》ですたい」

「そうでしたか。道理でいろんなクニの言葉が混じっとう。親御さんは？」

「父は早《はよ》うに坑内事故で亡くなりました。母は博多に出てきて、再婚先で亡くなりました」

「それは立ち入ったことを訊《き》いて、済まんかったなぁ」

「なあに。こんなどまぐれな姿を見せんで済んで良かったとです。あの、そろそろお暇《いとま》せななりませんばい」

「まだ良かろうもん。いまお銚子もつけよっちゃけん」

「いや、そうもいかんです。ここらで失礼します」

「そうですか。またこれに懲りんで来てくださいよ」

田宮はついに料理へ箸をつけることなく、木屋家を辞した。

木屋は通りの角まで送った。

「今日はわざわざ済まんかったな」

「いいんや。もっと早うに来ないけんかったとや。今日来て、そげん思うたばい。お前も気が向いたら、事務所に遊びに来てくれや」

「またシバかれて往生するわ」

「もうシバかんたい」

田宮はふっと微笑《ほほえ》み、「そいじゃあな」と言って中洲の夜に溶けて行った。

その一週間後、木屋家の仏間に、兄の遺影と位牌《いはい》が飾られた。

12

何日か続けて夢を見た。

田宮の記憶の函《はこ》が開いたみたいだった。

夢はすべてフィリピン山中が舞台で、極彩色の夢もあれば、モノクロームの夢もあった。中隊長も木屋もその他の僚友たちも、なにごとか訳のわからぬ片言隻句だけを田宮に投げかけてくる。彼らの体温は一様に生ぬるいものに感じられた。生きながら死んでいるようでもあり、死者が生き返ったようでもある。

田宮は目覚めると、必ず奇妙な懐かしさと居心地の悪さに包まれていた。ぐっしょり寝巻きが濡《ぬ》れている。

その朝も夢から覚め、冷水で体を隅ずみまで拭ってから、土建会社へ向かった。寝覚めは悪かったが、こんなときは田宮の単純明快な世界観が自身を救ってくれる。夢と現実。これはまったく別のものだ。

「親方。今朝方、事務所のドアにこげな包みが立てかけてありました」

事務員が田宮に持ってきた。

「ちくたく言うとりますけん、爆弾じゃなかですか」

「アホぬかせ」

田宮は包みをといた。中から時計と手紙、それに百円札の束が出てきた。

僕の懐中時計とお金をあげます。これで姉たちを助けてください。

どうかよろしくお願いします。

5年2組　相田《あいだ》健二《けんじ》　みその苑

「ふうむ」

「なんて書いてあるとですか」

「読み上げてみい」

事務員が手紙を読み上げた。「やはりな」と田宮は思った。やはりこの漢字は「かいちゅう」と読むのだ。

「ちいと出てくる」

田宮は包みを持って、みその苑を急襲した。

「ケン坊はおるか」

あら、また——という顔で女性苑長に迎えられた。

「おそらく浜で遊んでると思いますが……なんの用でしょう」

「ファンレターが届いたとです」

田宮は砂浜へ向かい、三角ベースに興じる苑児たちを見て驚いた。みな揃《そろ》いの真新しいユフォームを着ている。それだけではない。バット、グローブ、ボール、キャッチャー道具。ベースまでが一式揃い、どれもぴかぴかの新品だ。

砂浜に現れた田宮の姿に、少年たちの視線が一斉に注がれた。田宮はケン坊を手招きした。すこし大きめのユニフォームに着られたケン坊がやって来た。

「なかなか金持ちやのう、今日びの孤児院もお前も」

ケン坊は何か言いたげにしたが、曖昧に微笑んだだけだった。

「これ、ひとりで届けに来たとか？」

田宮は包みをかかげた。ケン坊が頷く。

「よう判ったな。もうひとりで来ちゃいかんばい。姉ちゃんから便りは？」

ケン坊は首を横に振った。

「そうか。お前が姉ちゃんたちを助けたい気持ちは、判らんでもなか。ばってん、大人には大人の世界があるんや。姉ちゃんは、してはいけんことをした。判るか？」

「……………」

「してはいけんことをしたら、罰《ばち》があたる。それはヤクザでも女郎でも総理大臣でもおんなじことたい。それに、この程度の金ではケリがつかんのじゃ。この程度ではな……」

くしゃくしゃの百円札の束を数えれば、おそらく一万円近くはあるだろう。子どもにとっては大金だ。いや、大人にとっても月給に相当する。「これくらいあれば助けてくれるだろう」と踏んだケン坊の気持ちは、田宮にもよくよく理解できた。

おそらく清水の舞台から飛び降りる覚悟で、人に尋ねたずね繁華街をやって来たのだろう。そう思うと、田宮は目の前の少年にかすかな愛《いと》しさを感じた。もとより俺と似た境遇たい、とは思っている。

「野球、好きか?」

ケン坊がこくんと頷いた。

「そうか。これは返す。戻れ」

ケン坊は意外そうな顔をした。「あれ、もう終わり?」と目が言っている。

「もう終わりたい。姉ちゃんのことは心配せんでよか。なるようになる。なるようにしかならん。それよりもいいか。ボールを打つときは『こんバッカタレがぁ!』ちゅう気持ちで引っ叩《ぱた》くとぞ。俺も昔は、そげな気持ちでようホームラン打ったばい」

ケン坊は口をあけて空笑いをし、駆け戻っていった。

田宮は砂浜に腰をおろし、しばらく三角ベースを眺めた。

ピッチャーの少年が投じる。へなちょこだ。くそボールでもバッターは打ちにいく。空振り。

ボールとバットが、博多と朝鮮半島くらい離れている。たまに当たっても下は砂浜だ。ぽてっと投手と捕手のあいだに突き刺さって止まる。それでも少年たちはキャッキャと楽しそうだ。

田宮は、野球小僧の虫がうずうずと騒ぎ始めた。

——まるで見ちゃおれん。

思うと同時に立ち上がった。

「こりゃあ、外野に並べぃ！　いまからフライの捕球練習ば開始するッ！」

少年たちは一瞬ぽかんとした。しかしこれから何が行なわれるのかを理解すると、われ先にと駆け出して一列に並んだ。

「いくぞぉ！」

田宮はフライを打ち上げた。先頭の少年がおぼつかない足取りでグローブをかざしたが、ボールは少年のはるか後方に落下。

「ボールに磁石は付いとらんぞ。お前が迎えにいけ！　次！」

二番目の少年はよちよちと落下地点へ——入る前に転んだ。

「誰がチャップリンの真似《まね》せいと言うたか！」

わっと笑い声が上がった。結局、三巡ばかりフライを打ち上げたが、キャッチできた子はひとりもいなかった。

「集合！」

少年たちが田宮のまわりに円陣を組んだ。

「ええか。頭をぶらさんと球を追え。ぶらすと球を見失う。そんでグローブの真ん中でこう、グッと摑《つか》むんじゃ。判ったか」

「はい!」

「フライくらい捕れんと西鉄に入れんぞ。それでは解散」

田宮は砂浜にバットをぐさっと突き刺し、歩み出した。砂に足をとられながらゆく田宮に、少年たちは追いすがった。「おじさん野球うまかと?」「西鉄の試合ば観《み》たことある?」「なして小指がなかとね?」

視線の先に苑長が立っていた。いつから見ていたのだろう。

「ご苦労様でした」

「練習場はここしかなかとですか。これじゃ内野練習ができんばい」

「中学校のグランドでも借りられれば……。でも、ちょっと難しいかもしれませんね」

「しっかし、ええ道具を持っとりますな」

「大下さんが贈ってくださいました」

「西鉄の?」

「ええ。知り合いの記者の方がうちのボランティアをなさっていて、そのご縁で」

「ああ、あいつですか」

「こんど大下さんのチームと試合するんですって」

「そりゃますます練習せんと。子どもたちが恥かく。やっぱり孤児院の子やいうて」

「まあ!」

「すんません。要らんこと言いました」

またいらしてくださいね、と苑長が言った。「そんな暇ありゃあせん」と思ったが、「いやいやガキどもを鍛えるんも悪うないな」と思いなおした。ボールを弾《はじ》く感触が、まだ手に残っていた。

13

木屋は兄の夢を見た。

兵隊服の兄がボールを放っている。フィリピンの駐屯地のようなところだ。キャッチボールの相手は田宮ではなく、自分だった。木屋はボールがグローブに収まるたびに、「兄ちゃんはどげな気持ちでおるやろう」と思う。

――自分が死ぬつもりでおるとやろうか?

兄の投げてくるボールにそのメッセージが込められている気がするのだが、うまく読み取れない。その苛立《いらだ》ちを覚えたところで目が醒《さ》める。

目覚めた寝床で、何度も田宮の話を思い返した。

木屋は戦地を知らない。でも戦地ものの記事や回想録は、事あるごとに目にしてきた。それで得た知識によれば、平素は聖人君子のような人間が、生死の崖っぷちでは僚友の水や靴を盗むことがあるらしい。逆に札つきのワルが、思いがけぬ潔さを発揮して、周囲を驚かすこともあるという。

人は土壇場にくると変わる。その時にこそ本性を現す。どうやらそういうものらしい。戦争から帰った人の目つきが変わるのは、人間観の変更を余儀なくされたことも一因なのだろう。田宮の目つきにも、独特の凄《すご》みと虚無が湛《たた》えられている。

兄が同郷の後輩である田宮の面倒をよく見た経緯は、手に取るようにわかった。あれは少年時代の延長だったのだ。近所の悪タレどもに、捕球やバントのコツを教えてやっていた延長線上に、兄の「志願」があった。隣町の餓鬼大将と揉《も》め事があったら、

「お前はよか。俺が行くけん」

と言うのは、兄にとって当然のことだった。木屋は土壇場にきても兄が変わらなかったことに、誇らしさを感じた。と同時に、一抹の寂しさも感じた。

兄が田宮と交わした「武士道とスポーツマンシップ」や「天皇陛下のために死にますと言うとけ」といったやりとりには、兄の心境が表れているような気もした。

口では「捕虜になるくらいなら自決する」と言いながらも、一方では「なぜ自分が殺し合いをしなければいけないのか」と自問自答していたのではないか？　手榴弾じゃなくボールを放らせてくれ。マウンドへ戻してくれ。俺は帰ってシュートを覚えにゃならんのだ。弟にカーブを教えにゃいけんのじゃ。なして俺が死なにゃならんとか！

木屋は、兄が戦死した年齢をとっくに超えていた。その歳《とし》になってつくづく判《わか》ったことがある。

それは、兄のあの優しさは、天与のものであったということだ。

ツバメの親がひなのために巣をつくろい、エサを運んでくるように、兄は周囲の人びとに際限なく親切を分け与えた。そうせざるを得なかったのだ。それは本能的なものであり宿命的なものであった。

ある意味で、生きづらい性格だったと思う。近所の子どもたちから神の如《ごと》く慕われていた兄の面影が浮かんだ。今になって、兄の微笑はいつも憂いを帯びていたと思うようになった。

そう思うと、兄と似たぬくもりを持つ人物に、このところ触れ合っている気がしてきた。

――はて、誰だろう……。

しばらく考えて判った。大下だ。

大下の、あの年少者に対する底が抜けたようなやさしさ。世話焼き。気遣い。金遣い。すべてが兄を彷彿《ほうふつ》とさせた。

――特攻隊候補あがりやもんな、大下さんも。

大下が復員後、ホームランだけにこだわったのは、本人の性格に拠《よ》るところが大きいのだろう。だが大下もまた、兄や田宮と同じように死の淵《ふち》を覗《のぞ》いた男なのだ。大下がおのれのうちに大きな虚無を抱えながらホームランをかっ飛ばしていたのかと思うと、木屋はこれまで自分が「打者・大下弘」の一面ばかりを見て、「人間・大下弘」から意識的に目を逸《そ》らしてきたことに気がついた。

もちろん、一介の番記者なのだから、それでいい。国民的大スターに馴《な》れなれしく接してはいけない。それが記者自戒の第一歩であると教わってきた。

――もし兄ちゃんが生還してたら、どうなっとったやろう？

木屋の思いは、そんな方向に流れた。これまで幾度となくしてきた空想だ。もし兄が生きていたら、西鉄のエースとして快投を演じていただろうか？　もし大下と兄が西鉄の投打の看板になっていたら、どんなに素晴らしかっただろう。もし、もし、もし……。木屋は自分が大下に魅《ひ》かれてきた理由が、なんとなく判った気がした。


木屋はある日の仕事終わり、田宮の事務所を訪ねた。苑長から「次の日曜日にグランドで練習するんですって」と聞いたのだ。

「田宮さんおるか」

木屋はノックと同時にドアを開けた。

「お、珍しか人が来たね。ちょっと待っとれ」

田宮は爺《じい》さんとふたりで花札を引いていた。

「もういっちょう！」

田宮がパシッと捲《めく》った。爺さんが「ふふん」と咽喉《のど》の奥で笑う。木屋もコイコイなら知っている。ライオンズナインと夜行列車で遠征するときの必修科目だ。

「はあ。また取られた」

田宮がポイと札を放った。「で、どげんした」

「こんどグランドば借りて――」

「そのことなんやけどな。あ、お前時間あるか」

「ある」

時計を見ると夜の十時を回っていた。

「ちいと付き合え」

三人は挨拶も終わらぬうちに、路上の人となった。田宮はすたすた歩く。爺さんはぺたぺた歩く。ふたりとも足が軽い。田宮は歩きながらせっかちに説明した。

「あのガキが懐中時計と金を包んできたとよ。それで練習ば見ることになった」

「そりゃ皆勤賞の時計ばい。ケン坊の宝物やぞ。金は新聞配達で貯《た》めた金や」

「そうかい。こっちは出目銀さんちゅうて、渡り鳥の爺さんたい」

「あ、どうも」

「聞いたで。あんたら、えらい偶然なんやってな」

「ええ……まあ。ところでどこへ行きようと」

「親戚筋の盆たい。ちいとパトロールでな。旦那衆ばかりやけん、気にせんでよか」

盆は東中洲の料理屋の二階で開かれていた。二十畳ほどの広間は、すでに人いきれでムンムンしている。ざっと三十人近く。商人風の男が多いが、女将《おかみ》さん連中の姿もちらほらある。みな、昼には見せぬ爛々《らんらん》とした目つきをしていた。

「田宮の親分。ようこそおいでくださいました」

「ちこっと遊ばせてもらうぞ」

莫蓙《ゴザ》の端に三人分の席をあけてもらった。

「丁半は知っとるね？　偶数が丁、奇数が半。世の中でいっとう単純明快な博打《ばくち》たい。なあ銀さん？」

「それだけに、これで身上《しんしょう》潰した人間を山ほど見てきたで」

木屋は見よう見まねで、三十円を丁に賭けた。

「勝負！」

声が掛かると、三十人の視線が壺《つぼ》に集まる。ツーアウト満塁、カウントツースリーからの「次の一球」が数分おきに繰り返されているようなものだ。

木屋は五回続けて丁に賭けた。丁半丁丁半で三勝二敗。

六度目の勝負で、勘が働いた。

——次は、半たい。

木屋は確信をもって半方に百円札を三枚置いた。それを見た出目銀が、すかさず千円札を三枚、半方に張った。

「勝負——四・三の半」

出目銀が「ありがとよ兄さん」と言った。それで初めて「この爺さんは俺に乗っかったらしい」と気がついた。出目銀はサイの目ではなく、木屋の潮目を読んでいたのだ。

三十分もすると疲れてきた。毎度毎度おのれの勘だけが頼りというのは、よほど神経を消耗するものらしい。徹夜で原稿を仕上げたときのように、頭の芯がカッと火照っている。

田宮も「取った取られた」と賑《にぎ》やかにやっていたが、ある男が入ってきたのを見て、目をスッと細めた。

「あれや」出目銀が耳打ちした。

田宮がかすかに頷く。張り方もおとなしくなった。田宮は男を凝視した。どうやら自分の視線を男に気づかせたいらしい。

男は、三十代か四十代には違いない。年齢不詳な雰囲気をまとっていた。左右の手首の先まで、大蛇の刺青《いれずみ》が首を伸ばしている。薄い唇に、猛禽《もうきん》類を連想させる目つき。残忍酷薄な感じがした。木屋が初めて見るタイプの男だ。おそらく、物心ついてから他人のために心を痛めたことは一度もないのではないか？

男は二、三度張ると、

「回銭《ゼニ》まわさんかい！」

と大声をあげた。若い衆が幾ばくかの金を持っていった。

「これっぽっちか！」

男は若い衆の横っ面をパーンと張った。瞬時に、盆の空気がはりつめた。

田宮が立ち上がった。

「ちょっと顔貸さんね」

男は黙って田宮のあとを追った。出目銀と木屋も階下へおりていった。

店裏の暗がりへ着くと同時に、男は刃物を抜いた。まるで新聞記者が手帳をとりだすときのような自然さに、木屋は肝を冷やした。この男、いったいこれまで何度抜いてきたことか……。

田宮が言った。

「ほう。おもしろいもの持っとんな。われは素手喧嘩《ステゴロ》なら四人まで相手に出来るんやなかったと？　そっちの爺さんと堅気は手出しせん。わし一人に道具か。なにがシッピンの達じゃ。笑わせなんな」

男はニヤリとし、刃物をおさめた。

「田宮とかいうたな。今日は機嫌がええ。次にしたる」

男は何事もなかったかのように踵《きびす》をかえし、街へ消えていった。一瞬の出来事だった。

「けっ。野良犬みたいな奴やったのう」と田宮が言った。

「裏で糸引いとる奴がおるんや。確信犯やであれは」

「銀さんもそう思うたか。あれは博打好きやなかね。荒らしに来とるだけたい。それよりか、腹減ったたな。メシ行かんか」

「わしは銭湯行くで」

「お前は」

「おう。行こうやないか」

木屋は飯よりも酒を欲していた。頭の芯の火照りを酒精で殺《そ》ぎたい。

出目銀と別れたふたりは川端の屋台をめざした。だが田宮は屋台群を素通りし、「こっちじゃ」とバラックの建ち並ぶ貧民街の一角、そのまたはずれの店の戸をガラッとあけた。

木屋は店内のあまりの汚さに息を呑んだ。廃材でこしらえたカウンター、ドブ川と油の臭い、壁には虫が這《は》っている。丸椅子に腰をおろすと、カタカタと落ち着かなかった。

「おやじ、酒たい。つまみも」

おやじは返事もせず、のそっと仕度にとりかかった。

木屋は気を取り直して訊ねた。

「さっきの男、なんやあれは」

「大阪の流れ者でな。鉄砲玉たい」

「気色悪い刺青やったな」

「見せびらかす奴は好かん。冬なのに半袖なんぞ着やがって」

木屋は熱燗《あつかん》をくいっとやって、ひとまず安心した。ドブロクではなさそうだ。

「それはそうと、この前はご足労やったな」

「なあに。それより大下も太っ腹やのう。野球用具、全部ぴっかぴっかやったぞ」

「あれがあの人の流儀たい。何事も、底が抜けとるんよ」

「そうかい」

「大下さん、ヒットエンドランのサインが出とっても、気に入らん球なら振らんもんね。三原さんもお手上げで、大下さんときはノーサインに決めた。あ、これは企業秘密やぞ」

「ふふ、そうか。大下はノーサインか。ふふふ」

どん、と丼一杯のモツ煮が置かれた。どうやらこれが、この店で唯一のつまみらしい。木屋は一口つけて箸を置いた。何かが足りない、というのではない。いろいろなものが足りてない気がする。味がないのだ。それで仕方なく、口を喋《しゃべ》るために使うことにした。

「それに大下さんはあげなふうに金遣いが荒かけん。以前ヤクザもんが試合前のベンチに乗り込んで来てな。三原さんに大下さんの借用書を突きつけた。『いますぐ返さんと大下の左腕ばへし折る。それでんよかか？』」

「ほう。それで三原はなんと？」

「すぐに球団へ連絡入れて、立て替えさせたと。大下さんはその試合で、けろっとホームラン打ったばい」

「ははは、さっすがの玉やのう」

「お前、心当たりはなかか？」

「そのヤクザか」

「そうたい」

「なかよ。ヤクザちゅうてもいろいろおる」

「そうやな。律儀が服着て歩いとるヤクザもおるからな」

「なんやそれ？」

「お前のことたい。『田宮土木の社長はヤクザにしておくにはもったいないなか』と取引先でもっぱらの評判やそうやないか」

「きさん、俺のこと嗅ぎ回りよったな」

「ブンヤなもんでね」

「ふん……。ところで三原はどげな親分さんかい？」

「そうやなぁ。まず、知将やな。スポーツ記者をやっとったことがあるけん、そんときからアメリカの野球雑誌で一流理論ば学んどった。あとはそうやな、合理主義者、実力主義者。遠征先で打たれたピッチャーは三等車で帰らされるとたい。ばってん、お前とおんなじように兵隊で南方のジャングルを四年も彷徨《さまよ》っておったから、運命主義者のごともある」

「ほう、そうか。意外やな」

「なんでも何気なく顔を上げた途端、隣の僚友が眉間を撃ちぬかれたらしか。もしあのとき顔を上げげんかったら、自分が撃たれとった。それ以来、運命論者になったらしい。だからツキのある選手や、ガッツのある選手しか使わん。『ガッツのない者はテキサスヒット一本打てん』とよう言いよる」

「それは判る気がするわい」

「なして？」

「戦況いよいよどん詰まりにきたら、生きたいと願っても、たいてい死ぬ。ばってん、生きることを諦めた者は、必ず死ぬんや。三原はそれを四年のあいだ眺めておったんやろう。まずガッツあればこそ、ツキも巡ってくるんや」

「ふうん。そげなもんかい……。お前んとこの親分はどげな人ね」

「おう。うちの親分は日本一たい。博徒の鑑《かがみ》やぞ。そいでもって人情持ちたい。俺は惚《ほ》れぬいとるとや」

「じゃあ、親分のためなら死ねるか」

「あったり前じゃ。男が男に惚れるっちゅうんは、そういうことたい。俺はフィリピンでいちど筋を曲げた男や。こんど曲げるくらいなら、墓に入る。木屋さんに顔向けできんもん。木屋さんの言うたスポーツマンシップを日本語に直せば、任侠道《にんきょうどう》ばい。俺はそう思うとる。人は一代、名は末代じゃ」

木屋は田宮を見つめた。ヤクザは利口で出来ず、馬鹿で出来ず、中途半端でなお出来ず、という。田宮を見ているとそれが判る気がした。田宮は馬鹿ではない。それどころか土建会社の評判を聞けば、どの分野でも頭角を現すことのできる男なのだろう。では利口なのかというと、そうとも言い切れない。利口であることを拒む何かが田宮の中にはある。もちろん中途半端ではない。では何か、と問われたら、「男っぽい男」と言うしかない。

「今年も西鉄は優勝するかね？」と田宮が言った。

「ああ、する。きっとする。三原さんも手応えを感じとるみたいや。足掛け六年、ようやく理想のチームになったっちゃ」

「西鉄は博多の誉れやからな」

「ヤクザにしちゃいいこと言うやないか」

「あほ。侠客《きょうかく》と言わんかい。それにしても、あの逃げくさった川内いうんは、そげに望み薄やったんかのう」

「それは、お前らとおんなじ腕一本の世界やから……。みんな貧しい家の子なんよ。大下さんも中西も仰木も川内も、母子家庭たい。豊田も長男やから進学諦めてプロに入った。稲尾も別府の貧しい漁師の末っ子たい」

「あれはえらいピッチャーやのう。おやじ、酒二本」

　またおやじがのそっと動いた。木屋は一升瓶からお銚子に注がれる液体を注視した。はたしてこれは生《キ》の清酒だろうか。いちまつの不安はぬぐえなかったが、火のかかった鍋でぐつぐつ温められて供されると、思わず頬がゆるんだ。木屋はぱかぱかとお猪口を空け始めた。生来の大酒呑み気質が顔を覗かせたのだ。

「お前、水のごと呑みよるな」と田宮が言った。

「なあに。まだウォーミングアップの段階やぞ。ところで田宮しゃん。軍隊とヤクザ、どっちがキツかね」

「なんや取材か？」

「そんなとこたい」

「どっちを向いても兵隊はキツかよ。フィリピンでも博多でも、ドンパチ始まれば二等兵は真っ先にお陀仏《だぶつ》たい。それが三下の宿命や。ばってん、俺は恵まれとった。俺をあそこまで可愛《かわい》がってくれたんは、木屋さんと親分だけたい。俺を人間扱いしてくれたんはな」

「人間扱いって……それはちいとオーバーやなかか」

「オーバーやなか。普通の人間には判らんとたい。俺たちのような人間のことは」

「ふうむ。そんなもんかのう」

木屋は田宮の生まれ育ちに、ある種の凄惨さを想像した。みその苑の子どもたちとさして変わらぬ環境にあったのだろうか。そんな口ぶりだ。この男のことをもう少しよく知ってみたい、と思った。

「お前は、なんのために生きとうとや」と木屋は訊ねた。

「なんや藪《やぶ》から棒に。家族のために決まっとろうが」

「家族？」

「親分は俺の本当のオヤジたい。木屋さんは俺の本当の兄貴たい。子分や社員たちは俺の本当の子どもたい。血は繋《つな》がっておらんでも、ここ！」

田宮はどん、とおのれの胸を叩いた。

「ここが繋がっておれば、それは本当の家族ばい」

「……そうか」

「お前はどうや」

「そういえば俺もお別れのとき、兄ちゃんに『木屋家を絶えさせちゃいけん』と言われたな……」

「なにぃ!?　だったら早《はよ》う嫁さん貰《もろ》うて、跡取りばつくらんかい」

「そげん言われてもな」

「木屋さんの遺言みたいなもんやないか。兄貴分の命令は絶対やぞ」

「ヤクザとは違うわい」

「ほう。家族の絆《きずな》はヤクザの絆よりも薄いと言うんか」

「そういう訳やなかばってん――」

と言ってから、木屋はかすかな妬心を感じている自分に驚いた。思わず、立て続けに三杯呑み干した。これは、田宮のような弟分を持つことができた兄への妬心だろうか？　それとも、兄と濃密な思い出をもつ田宮への妬心だろうか？　自分でもよく判らなかった。

だが、男の妬心は妙に疼《うず》く。木屋はそれをふりほどく意図もこめて、

「なあ、教えてくれんか」

と田宮にお酌しながら言った。「もしあのふたりが捕まったら、どうなる？」

田宮は顔を顰《しか》めた。

「女はもっと条件の悪いところに売られる。男は飯場送りたい。その前にさんざん嬲《なぶ》りものにされるやろう」

「助からんか」

田宮はいよいよ顔を顰めた。

「逃げるほうが悪か」

「なあ、ケン坊は俺の弟分たい。お前は兄ちゃんの弟分やろう？　するとお前とケン坊は、義理の兄弟分に当たるやないか。その姉を助けると思うて、なにか考えてくれんか」

「ふん。ブンヤだけに口が上手《うま》かのう」

「なにもお前を丸め込もうとして言いよる訳やない。ただ俺も、血の繋がらんケン坊や川内のことを、身内同然と思うとるだけや」

「ほうか……なるほどな」

「この件はお前が仕切っとると？　それともまだ上がおるとね？」

「遊郭《ゆうかく》は俺の兄貴分が仕切っとる」

「売春防止法が施行されるぞ」

「やけん、兄貴らも新しいシノギを見つけようと必死たい。野球なんかも……な」

「野球？」

「まあそれはよか。さて、そろそろ行こうやないか」

「まだよかやろうもん。吞み足らんぞ」

木屋は酔い眼《まなこ》で田宮を見据えた。テコでも動かぬ気配だ。

「はあ……。一斗樽のごと記者さんやね。ええか。俺はあした、朝早うから現場たい。伝票も何枚か切らにゃいかんとばい」

「そんなこと、ほかの人間にやらせとけ」

木屋はお銚子をぷらぷらと振った。店のおやじはちらりと田宮をうかがったが、仕方ない、というふうにお銚子を鍋にくべた。

「お前だって、あしたは勤めやろうが」

「なあに。シーズンオフは埋め草記事ばっかりたい。ちょちょいのちょい、と書いどけばよか」

「お前こそ、それでもブンヤか」

「お前こそ、それでもヤクザか」

ふたりは顔を見合わせて、同時に笑った。

なおもお銚子を三本空けたところで、ようやく木屋は席を立った。勘定は田宮が払ってくれたが、拍子ぬけするほど安かった。

「ありかとこざました」

おやじが初めて口を利いた。ああこのおやじは朝鮮人やったんか、と木屋は思った。〝朝日食堂〟と書いて「ちょうにち」と読むらしい。

「どうや、不味《まず》かったやろう」

店を出るなり田宮が言った。

「まあ旨《うま》くはないな」

「ヤクザは盗人より上。乞食《こじき》より下。やけん、あんまり旨いもん食ったらいけんと親分が言うとたい」

「ええこと言うな。いつか記事で使わしてもらうぞ」

「こんどはグランドで会おうや」

「おう、グランドでな」

「びしびし鍛えちゃるけんな。大下チームに目にもの見せちゃるぞ」

木屋はふふふと微笑した。こいつも博多男のご多分に漏れず「負くることがウジより嫌い」なのだ。

「それからこれは独り言やけどな」

と言って、田宮は澄まし顔の上弦《じょうげん》の月をふりあおいだ。

「追っ手のヤクザもあれこれあって忙しかけん、捕物帖はしばらく水入りたい。そのあいだは駆け落ちでも乳繰りでもなんでん好きにしとれ。いずれカタはつけんといけんけどな。ゲームを再開するときはまた報《しら》せる。そこはスポーツマンシップに則《のっと》って、正々堂々とやろうやないか。あのふたりには、そう伝えてくれ」

14

北影組の組長と若頭が、洲之内一家の賭場をおとずれた。

奥の間には洲之内以下、赤波、中山、田宮が顔を揃えていた。

「ご無沙汰しとります、叔父貴《おじき》」

「よう来てくれたの、北影」

「ここんとこ、うちの若い衆がご迷惑をかけたそうで、申し訳なかです」

「若いもんは血の気の多かもんたい。こうしてお前が遊びに来てくれたんや。なんも気にしとらん。それよりも二代目の容態はどうかな」

「髪の毛が抜けよりまして」

「副作用か」

「へい」

博一会の総長は、襲名一年足らずで病床にあった。肝臓がんだった。

「生命力の塊のような男たい。跳ねっ返してくれると信じとる」と洲之内が言った。

「わしもです」

と応えた北影の言葉には、相応の重みがあった。

——この男も器量を上げたのう。さすがに本家のナンバー2ともなれば、背中に床柱《とこばしら》が立ってきよるわい。

田宮は大胆不敵にも北影を観察していた。田宮はいわば陪臣だから、北影とはめったに顔を合わせない。

——二代目にもしものことがあったら、この男が三代目か。

順当なら、そうなる。そのとき洲之内は顧問に据え置きとなるかどうか。

田宮がそんな思案をしていたところへ、

「ところで、おもしろいものを拾いましてのう」

と、北影が一枚の紙を広げてみせた。

借用書　金三拾《じゅう》万円也　大下弘

署名の下には拇印《ぼいん》があった。

田宮は直感的に「こりゃ本物たい」と思った。木屋の話を思い出したからだ。だがすぐに「いやいや、ニセモノの線も捨てきれんぞ」と思いなおした。筆跡が、みその苑の玄関にあった色紙と違うようにも見える。

「たまたま回ってきたとです。それで叔父貴にひとつご相談なんですが、これを機にいっちょう仕込みばしませんか。なあに、これっくらいの金額じゃ西鉄も大下もビクともせんことは、よう判っとります。ばってん、ここを突破口にするとです。選手の一人二人を偵察員《イヌ》に育て上げて、根ばおろしていきませんか。幸い、いま西鉄は強か。それがエースの登板日に最下位に負けでもしたら……」

「八百長ば仕込む、っちゅう話か」

「そうですたい。叔父貴は顔が広かですけん、西鉄にも入り込みやすか。客の方はこっちでなんぼでも見つけます」

「ならん」

洲之内は言下に言った。

「ならんぞ北影。博一会は博徒やなかか。博徒が野球賭博に仕事入れてどうする。それに俺は、古い人間たい。福岡の政財界の話もよう耳に入ってくる。思い出してもみい。ライオンズは、戦災に泣く福岡市民のためにつくられた球団たい。西鉄のお偉方が『交通網の復興もままならず、市民には迷惑かけとる。せめて博多の片田舎で本物の野球ば見せてやりたか』と思ってつくったチームたい。強いチームを育てて、それを核に福岡でまとまろう。九州一国でまとまろう。だから大金積んで、三原や大下を呼んできたんや。これぞ九州の交通人の心意気と思わんか。西鉄こそ博多の宝や。それを地元のヤクザが食いもんにしてどうする」

田宮は溜飲《りゅういん》の下がる思いがした。博多じゅうに向かって「どうや、これがうちの親分たい！」と叫びたい気持ちだった。

「叔父貴のおっしゃるとおりです」

北影がスッと頭を下げた。

「思慮が足らんかったです。恥ずかしか。どうか忘れてつかあさい」

北影はその場で、真贋《しんがん》定かならぬ大下の借用書をびりびりと破り捨てた。

——こいつもなかなか、やりよるわい。

田宮は北影の速断と機知に舌を巻いた。さすがは九州の裏社会にその人ありと言われるだけのことはある。

「わかってくれればよか。お前さんもゆくゆくは博多ば背負うてゆく立場にある男たい。頼むぞ」

「恐縮至極です」

「さ、ちこっと遊んでいってくれ」

「ときに、叔父貴のところに田宮っちゅうもんはおりますか」

「ほれ。そこに」

洲之内が指さした。

「お前が田宮か。達が言いよったで。あれはなかなか強そうな男じゃ、ってな。手ぇ合わしたんかい」

「滅相もなかです。二言三言交わしただけです」

「そうか。あいつがそげなこと言うのは珍しいけんな。たしかに強そうや」

「いやあ……」

田宮は三代目を約束された男に褒められて、悪い気はしなかった。

それから北影は盆で付き合い程度に遊び、席を立った。

北影組のふたりが去ると、四人はふたたび奥の間へ戻った。

「どう思う？」

と洲之内が言った。「北影《あれ》はなかなか抜け目のなか男やけん。銭の臭いがすれば、何にでも手を染めよる」

「親分、なにかご存じで？」と赤波が言った。

「あれは近頃、大阪の組と親しゅうしとるらしい。そのスジからの話と違うか」

「何がですか？」

「八百長野球がいいシノギになるとは思えん。でかい金が動くかもしれんが、手間隙《ひま》かかるわりには確実な仕事やなか。ひとりふたり選手を手なずけたところで、ほかの選手がホームラン打ったらパアたい。それは北影もわかっとるはずや」

「ではなぜ？」

「大阪と仲良うする過程で言われたんや。『そっちは西鉄ば仕込め。うちは関西の球団ば仕込む』となる。そうすれば往復ビンタで取れるけんな」

「なるほど」

「だがそれはあくまで副産物やろう」

「と、いいますと？」

「麻薬《ヤク》たい」

「ご法度やないですか！」

めずらしく赤波が狼狽《うろ》たえた。

「そのご法度よ。まだ確証はなかが、北影が大阪の組と入魂《じっこん》にしとるんは、そういう腹があってのことやろう。麻薬を流してもらいたかとよ。わしはそう睨んどる」

「もしそうなったら……」

「もしそうなったら、わしはあれを三代目には推さん。それどころか破門にするつもりたい。四の五の言うたら一戦交えてもよか。いまはまだ見《ケン》の段階やが、お前らもそのつもりでおれよ」

「へい」

散会になりかけたところを「中山」と洲之内が呼び止めた。

「そういう訳やから、いくらあっちの若頭と兄弟分やいうても気を許すなよ」

「わかっとります」

「何かわかったらすぐ知らせい」

「へい」

田宮はこのやりとりを、得意顔で見守っていたわけではない。

だが、親分に一言入れられた中山は廊下へ出ると、田宮の衿首《えりくび》を摑んできた。

「こら田宮」

「へい」

「なに笑いようとか」

「笑いよりません」

「笑いよろうもん。逃げたふたりはどげんなったとや」

「いま探させよりますけん。堪《こら》えてつかあさい」

「ぐずぐずしとったら、また指落とすぞ」

「……すんません」

田宮は中山に絡まれるたびにいつも思う。親分が博徒の鑑なら、中山の兄貴こそ下士官根性の鑑たい、と。

15

一九五七年のシーズンが開幕した。西鉄ライオンズは開幕から四連敗。連覇を信じて疑わぬ博多っ子の口は、博多湾のようにあんぐりと開いた。

だがライオンズは、すぐさま巻き返しをはかる。

稲尾とサイドスローの島原《しまばら》を両輪に九連勝、七連勝とたたみかけた。とりわけ昨季ストレートとカーブだけで新人ながら二十一勝をあげた稲尾は、シーズンオフに新球種を身につけ不動のエースとなった。伝家の宝刀、スライダーである。

五月、稲尾が南海打線をシャットアウトして西鉄が首位に立つと、記者席で野上記者がボヤいた。

「まいったで。どえらいピッチャーが出てきたもんや」

ところが六月、島原が骨折して片輪が外れた。西鉄は三位に転落。野上記者は巨体をゆすって哄笑《こうしょう》した。

「ほれほれ、見てみい！　なんぼ稲尾が凄《すご》い言うても野球はピッチャー一人でやるもんやないで。西鉄はもうアカンやろ」

「お言葉ですがね」と木屋は言った。「うちは打線も南海の比じゃなかですばい。ついに流線型打線が完成したとです」

「ふん。その打線も一人欠けたらどないなる？　ペナントに故障はつきもんや。積み木のお城のごとく崩れるんちゃうか」

野上記者は精いっぱい強がってみせたものの、正直、バックスクリーンに掲示される西鉄スタメンには身の毛がよだつ。こんな打線、見たことない。

一番センター高倉（俊足強打の切り込み隊長）
二番ショート豊田（史上最強の二番打者）
三番サード中西（毎年三冠王に挑戦）
四番ライト大下（打棒復活の英雄）
五番レフト関口《せきぐち》（トドメ刺す右中間打法）
六番ファースト河野（走者一掃の二塁打王）
七番セカンド仰木（つなぎも強打もできる頭脳派）
八番キャッチャー和田《わだ》（意外性の恐怖の八番）
九番ピッチャー稲尾（打撃もいい）

流線型打線を簡単にいえば、三番、四番、五番、二番の順に強打者を並べるものだ。それがチームの得点力を最大にする。だから野上記者の言うとおり、もし主軸が一人でもいなくなれば玉突きのように打順にズレが生じ、得点力がガクンと落ちるのは間違いない。やっぱり大下さんの復活が大きか、と木屋は思った。

梅雨明けも見えてきた六月末、木屋は試合後の通路で大下に話しかけた。

「今日はどっちも芯で捉えましたね」

大下は二安打していたから上機嫌かと思いきや、

「……そう見えたかね」

と、わずかに表情を曇らせた。

「あれ、違《ちご》うたとですか」

「ちょっとズレた。コンマ一ミリぐらい、思ってたポイントより差し込まれてる。それがなきゃ、ライト前じゃなくて右中間を抜けていたはずだ」

「コンマ一ミリですか……」

「喩《たと》えだがね。ところで、少年チームの試合が延ばし延ばしになってすまんな。打ち合わせをしよう」

中洲のバーで落ち合うことにして、ひとまず別れた。大下がひとっ風呂浴びているあいだに、木屋は今日の試合の記事を書いた。

筆を走らせつつも、大下のことが気になる。

今季、大下は開幕から左脚のケガを庇《かば》いながらプレーしてきた。打率は三割をキープしていたが、ずっと「スランプだ」とこぼし続けた。天才の贅沢《ぜいたく》といえばそれまでだ。しかし本人に言わせれば「何かが違う」のだという。とりわけ頭部あたりにデッドボールを受けたときの落ち込みようは、見ていて気の毒だった。腫れのひいたあと、大下がぽつんと漏らした。

「反射神経が、鈍っているのかもしれんな」

打撃ほど精妙なシステムの上に成り立つものはない。

プロの投手が十八・四四メートル先から投じた球を打ち返すのは、神業である。選ばれし者だけが、全神経と全筋肉を総動員してようやく弾き返せるのだ。それらが錆《さ》びつけば、かつてならホームランだったはずがライトフライになり、やがてセカンドフライになる。「反射神経が鈍る」とはそのことを意味した。

木屋は夜遊び人の代名詞とされる大下が、早朝練習の鬼であることを知っていた。本人が隠したがるから、それを記事にしたことはない。するつもりもない。天才は神棚に飾っておくべきだ。

——二安打しても「差し込まれてる」か……。天才には天才の苦労があるんやのう。

木屋は送稿を済ませ、先にバーに入った。

水割りを飲みながらカウンターの中の女の子と話していると、「待たせたな」と着流しの大下がやって来た。途端に女の子の目が、とろんとなる。

西鉄打線は中軸の大下、関口、河野をのぞけば、みな二十歳そこその若者である。なかでも豊田と仰木の二遊間コンビは甘いマスクで人気があった。しかし大下だけは別格で、ブロマイドの売り上げは今でもダントツ一位だ。

「オールスター明けに休日があるだろう？」

大下がカウンターの隣に座った。石鹸《せっけん》の香りがする。

「そこで試合をしよう。中学校のグランドをおさえといてくれんか」

「合点承知ですたい」

打ち合わせはこれにて終了。

すると何を思ったか、

「最近、わが家の食卓に冷奴《ひややっこ》が多くて困るんだ」と大下が言った。

「そりゃまた、なしてですか」

木屋は身を乗り出して訊ねた。大下の豆腐嫌いは、つとに有名である。

「このまえ〝奴さん〟という名の老娼と同衾《どうきん》してるところを、女房に踏み込まれてね。それからというもの、出すんだ。女房が。冷奴を。それも毎食毎食。『はい、あなたの大好きな奴さんですよ』って言ってね」

木屋は腹を抱えて笑い出した。

そうして、しばらく笑っていた。

木屋があまりに笑い転げるので、大下は店の女の子と話し始めた。するとものの三分もしないうちに、ふたりは連れ立って店を出ることに決まった。大下の天衣無縫の笑みで誘われて袖にする女はいない。

「それじゃグランド、頼んだよ」

ふたりで出ていこうとした瞬間、女の子が「あ。ちょっと待ってください」と言って手洗いに向かった。出てくると、彼女は妙に堂々とした態度で宣言した。

「すいません大下さん。生理休暇ば頂戴します」

大下は一瞬、鼻白んだ。が、すぐにいたずらの見つかった少年のように、はにかんだ。木屋は必死に笑いを噛み殺した。

「やれやれ、女難の相が続くな」

大下はそう言い残し、ひとりで店を出て行った。むろん、大下を待つ女なら中洲にゴマンといるのである。

木屋は呑み足りなかったので、朝日食堂に足を向けた。がらっと戸を開けたとたん、田宮と子分のナツヒコが一杯機嫌でいるのが目に入った。

「やっぱりおったか」

木屋の頬が自然とゆるんだ。

「おや、今晩も番記者さんのおでましか」

と田宮も相好を崩した。

このところふたりは、どちらからともなくこの店で落ち合う。まるで惹《ひ》かれ合う男女が、図書館の決められた本棚の前で偶然を装うかのように、この店へやって来るのだ。

「どうや、金玉の腫れは引いたか」

木屋は腰かけながら尋ねた。

「もう勘弁してつかあさいよ、木屋さん」

とナツヒコが若者らしい笑みで応じた。

「大下チームとの対戦日が決まったばい。うちも流線型打線で行こうやないか。田宮監督よ」

「おう、そうしようや木屋助監督。で、流線型打線とはなんや？」

「紡錘形《ぼうすい》で、真ん中がぷくっと膨らんだ形たい」

「なんやそれ。ナツヒコ、お前知っとるか」

「はあ。二番バッターにがんがん打たす三原監督の理論やなかですか」

「おおっ、その通りや！　お前は野球に詳しかなぁ」

木屋は目を輝かせた。

「こいつはなかなかのピッチャーやったそうや。そうじゃ、ナツヒコにうちのピッチングコーチばやってもらおうやないか」

「うん、それはよかな」

「よし、盃固《さかずきがた》めじゃ」

三人はチーンとお猪口を鳴らした。

「で、その流線型打線ってなんや。もうすこし詳しく説明せんかい」

「流線型っちゅうんは、つまりレモンたい。真ん中をぶ厚うして、そこで得点を稼ぐ」

「そうか。レモンか。レモンなんやな流線型打線は」

田宮はうんうんと頷いた。これで判るなら、こいつはなかなかの詩人や、と木屋はすこし可笑しくなった。

すると黙って聴いていた店のおやじが、カウンターの上にレモンをことん、と置いた。油で汚れたカウンターに、そこだけ花が咲いたようだ。

「おお、レモンたい！」

三人は同時に声をあげた。

「なしてこの店にレモンがあるとね」

おやじはそれには答えず、「どうぞ持っていきんしゃい」というふうに無言で頷いてみせた。

やがて三人は店の酒を呑み干してしまった。

先に潰れたのは田宮だった。カウンターに突っ伏していびきをかいている。

「やれやれ、困った監督さんやな」と木屋が言った。

「親分は今朝も早《はよ》うから、現場に出ておりましたけん」

ナツヒコが自分のジャンパーを田宮に掛けた。

「最近は親分稼業より、親方仕事の方が忙しいみたいやな」

「はい。公共事業っちゅうんですか、あれによう指名されるらしかです。『ぜひ田宮さんに』と」

「寂しゅうなかか。親分を事業の方に取られて」

ナツヒコはふふっと笑った。

「親分は、親分ですけん。俺は本当の親父のごと思うとります」

「お前、実のオヤジは？」

「おりゃあ、しません」

「田宮が親代わりか」

「はい。ばってん、土建会社の方には、親のある人間もたくさんいます。そいつらは日当を天引きされるとです」

「なしてじゃ」

「親に仕送りばさせられるとです」

「強制的にか」

「はい」

「律儀な親方さんやなぁ」

「ええ親分なんです」

木屋はレモンを田宮の胸ポケットにおさめて勘定をした。レモン代を入れても、やっぱり拍子抜けするほど安かった。

16

次の日曜日は「みそのライオンズ」の二度目の全体練習だった。

「ええ、諸君。いまから来《きた》るべき大下チームとの対戦にそなえ、田宮監督から訓示があります。心して聞くように」

木屋助監督にうながされ、田宮は「こほん」とひとつ咳払《せきばら》いをした。

「いいかね、諸君。打線の基本は流線型にある。たとえばこのレモンたい」

田宮はおやじから貰ったレモンをとりだした。少年たちはぽかんと口を開けた。

「流線型っちゅうんは、つまりレモンみたいな形のことたい。君らにはまだ難しかろう。最新理論やからな。ばってん、西鉄打線は流線型なんよ。よって、オーダーは西鉄ライオンズば踏襲する。それなら諸君にも了解せられよう。いまから読み上げるぞ。これが先発メンバーたい。一番センター、トメ公！　……返事は？」

「はいっ！」

「言われた者は返事をするように。二番ショート、ケン坊」

ケン坊がすっと立ち上がった。

「きさんは返事ができんか」

ドッ、と少年たちから好意的な笑いがわき起こった。

「お前が流線型打線の要やぞ。お前は豊田たい。バントはさせん。打って打って打ちまくれ。三番サード、もっちゃん」

「はいっ！」

「きさんは中西たい」

こうして全オーダーが読み上げられた。ライオンズナインに擬せられた少年たちは、顔を紅潮させた。

「控えの者たちも全員試合には出す。準備を怠らないこと。それからひとり、新しいコーチば紹介する。おい、ナツヒコ」

「へい」

ナツヒコが一歩前に進み出た。

「彼にはピッチングコーチをやってもらう。みんな、言うことをきくんやぞ」

「はいっ！」

「へへへ。よろしゅうな」

ナツヒコは少年たちの注視に照れ笑いをうかべた。ヤクザ衣装しか持っていなかったので、急遽《きゅうきょ》借りてきた地下足袋とニッカボッカという土木スタイルだ。

「それでは守備練習を開始する。各自ポジションにつけ」

シートノックは惨状を呈した。トンネル、ポロリ、バンザイ、お見合い。まるでエラーの見本市だ。木屋助監督は頭を抱えつつ、投球練習をする〝みそのライオンズの稲尾〟ことシゲやんに囁《ささや》いた。

「お前だけが頼りやぞ。三振以外ではアウトを取れんと思うとけ」

シゲやんは悲壮な覚悟で頷いた。中学校卒業を間近に控えた十五歳だ。幸い、この子だけは相当なセンスがある。

「俺、何すればよかですか」とナツヒコが言った。

「そうやな。ピッチングコーチやけん、シゲやんにいろいろ教えてやってくれんか」

「はい。それじゃまず、セットポジションと牽制《けんせい》、それにカーブの投げ方ば教えちゃります」

「あのな。牽制は教えんでよか。絶対、一塁手が後ろに逸《そ》らすけん」

「なるほど……」

ナツヒコは手取り足取り指導を始めた。簡にして要を得ている。「こいつなかなか心得があるんやな」と木屋は感心した。

練習は昼過ぎまで行なわれた。

「ようし、今日はここまで。今から見学に行くぞう」

少年たちから、わっと歓声が上がった。田宮はユニフォーム姿の少年たちを引率し、平和台球場へ向かった。仕事のある木屋とは球場の前で別れた。

その日は東映フライヤーズとのデーゲームだった。

土盛りのライトスタンドは七割方の入り。芝生の上に寝転ぶ大人たちの姿が目についた。みそのライオンズの少年たちは一人一つずつみかん箱を買ってもらい、その上に立ってライトスタンドの金網にへばりついた。

一回表、西鉄ライオンズが守備についた。

「あっ、大下だ」

「大下ばい！」

「大下さ〜ん！」

少年たちが子犬の尻尾《しっぽ》のごとく手を振ると、ライトの大下がそれに気がついた。白い歯を見せ、手を振り返してくる。自分が進呈したユニフォームに身を包む少年たちの姿が、嬉しいらしい。

四回裏、西鉄の攻撃。ワンアウトから豊田がヒットで出塁し、すかさず盗塁を決めた。中西が弾丸ライナーでレフト線を破るツーベース。

四番大下が打席に入った。田宮は持参した双眼鏡を覗《のぞ》きこんだ。

――ヒジを遊ばせちょる。懐の深い、ゆったりした構えじゃな。

カーン！

打球は一直線に少年たちの方へ向かってきた。フェンス手前でワンバウンドし、金網に食い込む。西鉄はクリーンナップの連続ツーベースで点差を広げた。

先発は稲尾だった。七回表、零封をつづけてきた鉄腕にもさすがに疲れが見える。俊足巧打の毒島《ぶすじま》選手にライト前ヒットを浴びた。すると大下がこれをファンブル。すぐさま拾いセカンドの仰木へ返球したが、二塁を陥れられた。

すかさず、ライトスタンドの酔っ払いからヤジが飛んだ。

「こりゃ～、大下。しっかり捕らんか。また昨晩中洲で遊びよったか！」

少年たちが一斉にギロっと睨んだ。酔漢は「なんだ、なんだ」という顔をしたあと、しゅんとなった。稲尾が後続を抑えて事なきを得た。

試合は西鉄の完勝だった。試合後、みそのナインが帰りの行軍を始めようとしたところに、木屋が駆けてきた。

「みんな！　大下さんが呼びよる。早《はよ》うッ！」

少年たちは一塁側選手出口に駆けつけた。

「よく来たね。どれ、サインしてやろう」

大下は少年たちを一列に並ばせ、帽子やユニフォームにペンを走らせた。

そこへボストンバッグを持った稲尾が出てきた。

「稲尾《サイ》ちゃん、いいところに来た。君もサインしてやってくれ。百道の孤児院の少年チームなんだ。木屋ちゃんが面倒みてる」

「あ、そうですか。いいですよ」

サイのように細い目をしたこの若きエースは、ペンを走らせ始めた。完投後にもかかわらず、嫌な顔ひとつしない。こういうところが「稲尾《サイ》ちゃんは若いのに苦労した大人の風情がある」と日頃から大下が褒めるゆえんだろう。

「こんどうちのチームと試合するんだよ」と大下が言った。

「やあ。大下《ポン》さんも好きだなぁ」と稲尾が笑顔で応じる。

「稲尾《サイ》ちゃんも時間あったら覗いてよ。オールスター明けだからさ」

「ええ。時間があったら」

木屋はペンが休まった頃合を見計らい、

「大下さん。こいつがうちの監督で、田宮といいます」と紹介した。

「ああ、田宮さん。よろしくお願いしますよ」

大下が手をさしだしてきた。田宮が握ると、大下はグッと握り返してきた。とてつもない握力だ。田宮は生来の負けん気が頭をもたげてきた。

——ほう、素手喧嘩《ステゴロ》ならかなり強そうやな。まあ負けやせんが。

ひとりの少年が「いいなぁ」とつぶやいたので、今度は握手会が始まった。ひと通り握手会が終わると、大下は人数分の弁当とサイダーを土産に持たせてくれた。

少年たちはほくほく顔で帰途についた。百道の砂浜で弁当を広げ、それを平らげたところでみそのライオンズの長い一日が終わった。

「田宮監督、ナツヒココーチ、おつかれさまでした！」

田宮は「おう」と手をひらひらさせた。これで肩書きは三つめだ。「親方」には慣れた。「親分」にも慣れつつある。そのうち「監督」にも慣れるだろう。

「どうやった」と田宮はナツヒコに訊《たず》ねた。

「久しぶりですけん、楽しかったです」

「頼むぞ。ピッチングコーチいうたら、若頭も同然やからな」

へへへ、とナツヒコは照れくさそうにした。

ふたりが事務所に戻ると、本物の若頭が押し黙って座っていた。赤波だ。

「どげんしましたか」

「親父の言う通りやった」

赤波は鋭い目つきをさらに鋭くした。「本家が、大阪の組と正式に盃ば交わすことになった」

「親分は何と？」

「総長が諾《うん》と云《い》うたんじゃ。親父も表立っては反対でけん」

「そうですか……」

北影が病床の二代目をうまく丸めこむ姿が目に浮かんだ。

ほかの直参《じきさん》や古株たちも、「三代目」が確実視される北影に心移りしているに違いない。洲之内だけが筋を通そうとする。本家の執行部からすれば面白くない。この場合、「本家執行部」といえば北影組とイコールだ。

田宮は思った。

――この前の来訪は、踏み絵やなかったとか？

北影にすれば、来《きた》るべき三代目襲名を前に地固めをしておきたい。いちばんの気掛かりは、昔《むかし》気質《かたぎ》の博徒集団である洲之内一家だ。自分が本家を継いだとき楯突《たてつ》かれたら、メンツが立たない。北影は、洲之内の出方を確かめておきたかったのだろう。もし洲之内が八百長野球の件を吞めば、「与《くみ》し易し」との感触を得ることができる。やはりあれは踏み絵だったのだ。

「じつは本家から、わしも大阪の然《しか》るべき組のもんと盃を交わせ、と言うてきおった」

「ほう」

田宮は顎に手をやった。

――搦《から》め手からも攻めてきおったか。

北影組の若頭と中山は入魂だ。これに加えて、赤波を大阪と縁付ければ、洲之内一家のナンバー2と3を盃で絡めとることができる。

「で、親分は何と？」

「わしやのうてお前でどうじゃ、と言いよった」

「なるほど！」

田宮はすぐに洲之内の腹が読めた。田宮ならまだ座布団が低い。盃の相手も、それにふさわしい者が選ばれるだろう。それなら貫目の軽い者同士、影響は軽微に留まる。さすがは親分たい、と田宮は内心にんまりした。

「ばってんその相手というんがな、シッピンの達なんよ」

「な、なしてですか!?」

田宮は腰を抜かさんばかりになった。あいつは大阪を石もて追われた野良犬ではなかったのか？

「いや、今でも大阪の葛城《かつらぎ》一家が本籍たい。それを客分で北影んとこが預かっとる。親父もいちど先にお前っちゅう札ば切ったけん、否とは言いがたい。どうか堪《こら》えて盃ば交わしてくれんか。もちろん五分と五分たい」

「親分もそれでよかと言うとるとですね」

「そうたい」

「判りました。達と盃ば交わします」

固めの儀式はすぐに執り行なわれた。葛城一家の面々が博多まで来た。田宮は注意深く様子をうかがった。幹部連中ですらシッピンの達を扱いかねている気配が微《かす》かにあった。

盃を交わすと、達がニヤリとした。

「あんじょう頼むで、兄弟。この前のことは水に流そうや」

「むろんそのつもりたい。仲良うしようや、兄弟」

儀式を終えると、田宮は紋服姿のまま事務所に戻った。

襟元をゆるめ、「ふうーっ」と息をひとつ吐く。

その様子を見て、

「お前さんも剣呑《けんのん》な男やなぁ」と出目銀が言った。

17

朝から陽炎《かげろう》がたつ暑い日だった。

木屋が出社すると、苑長から連絡があった。

「今朝方、ケン坊が配達中に足を踏んづけられました。自動車にです」

木屋はすぐさま病院に向かった。

ケン坊はギプスをはめた右脚を上から吊《つ》るされていた。

「脚だけか？　ほかにケガはなかか？」

ケン坊が頷いた。

「咄嗟《とっさ》に後ろ向きのまま避《よ》けたんですって」と苑長が言った。

「それは不幸中の幸いたい。なにか食いたいもんは？」

ケン坊は首を横に振った。

苑長が「ちょっといい？」と木屋を病室の外へ連れ出した。

「複雑骨折で、当分治らないだろうって。下手したら一生影響が残るかもしれないのよ」

「一生？　一生って……」

木屋は同時にふたつの考えが浮かんだ。将来的には「うちの子会社でケン坊を活字工として採用するしかなか」というもの。短期的には「試合だけは観せてやろう」というもの。楽しみにしていた大下チームとの対戦は数日後だ。

木屋は病室へ戻り、明るい声音で言った。

「また夜来る。試合の日はおぶって連れて行ってやるけん、心配するな」

その日は西鉄の前半戦ラストゲームだった。

試合後、木屋はベンチで大下に話しかけた。

「お疲れさんでした。オールスターも頑張ってください」

そしてケン坊の事故を手短に伝えた。大下はスパイクの泥を落とす手を止めて、哀《かな》しそうな顔つきになった。

「行こう。今から」

ふたりは球場の前でタクシーに飛び乗った。

ユニフォーム姿の大下を乗せた運転手は、落ち着かない様子だった。バックミラーでちらちらと何度も窺《うかが》ってくる。

「なあ木屋ちゃん」と大下が言った。「九州のファンみんなが、平和台まで試合を観に来られる訳じゃないだろう？」

「それは、そうです」

「みんな翌朝の新聞を見て、大下が打った、稲尾が抑えたと喜んでくれているんだ」

「ええ」

「記事を書くのは君らかもしれんが、それを配ってくれるのは少年たちだ。彼らがいてこそ、成り立つ商売だと思わんか。僕はつねづねそう思ってきた。われわれの商売は、毎朝新聞を配ってくれる少年たちのお陰で成り立っているんだ」

「おっしゃる通りですたい」

木屋はそう答えたが、心中、鼻をへし折られる思いがした。そんなふうに考えたことは一度もなかった。

――それにしても、なして大下さんはここまでしてくれるとや……。

木屋はとなりに座る大下をちらりと眺め、不思議に思った。

むろん、大下が少年を慈《いつく》しむのは、今日に始まったことではない。

夏休みになれば、少年野球チームの少年たちをタクシーに分乗させ、登山に連れていく。そこで「男の子はなんでもできなきゃいかんぞ」と、火の熾《おこ》し方、飯盒の炊き方を教えてやる。

野球の練習があるときは、氷の詰まったバケツに三ツ矢サイダーを入れておく。練習後は大下家でみんないっしょに風呂に入り、出ればカレーライスやうどんのご馳走だ。少年たちが球団バスに乗りたいと言えば、球団職員にかけあって乗せてやる。海水浴にいけば、いっしょにスイカ割りだ。

まさに至れり尽くせりだった。

夫人はそんな夫をにこにこ見守りながら、ユニフォーム姿のまま上がりこんだ少年たちがまきちらす畳の上の泥を拭いた。

「本人が子どものような人ですから、いっしょに遊んでもらってるんですよ」

そうには違いないが、それだけでない、と木屋は思っていた。

かつて大下が漏らしたことがある。

「少年たちは、いつか童心と別れを告げる。夢から醒めて、大人にならなくちゃいけない時期を迎えるんだ。つらいこともあるだろう。苦しいこともあるだろう。逃げ出したいこともあるだろう。そういうとき、『むかし大下さんと遊んで楽しかったなぁ』という思い出が、すこしでも彼らを励ましてくれれば、それでいい」

つまり大下は「元少年」だった自分の経験に照らして、「現少年」たちを慈しんでいるのだ。

たしかに大下には、少年の心を多分に有したまま大人になってしまった一面があった。それだけに「大人の世界のきたなさ、苦しさ」に敏感だった。一見、豪放磊落《らいらく》、天衣無縫に見えるこの大スターが、傷つきやすい、やわらかな心を持っていることは、これに由来する。

そのやわらかな心が、いま自身に命令を下しているのだ。タクシーに乗り、その身を運べ、と。大下の中の「少年」が、いちど頭を撫でただけの新聞配達の少年の不幸に、あられもないほど哀しみを感じているのだ。

「可哀想《かわいそう》になあ。できるだけのことはしてやりたい」

大下がつぶやくと同時に、運転手が「着きました」と告げた。大下は先に降りて、すたすたと歩き出した。木屋が料金をさしだすと、運転手は「いりません」と首を振った。

「へ？　なして？」

「感動した。大下さんの言う通りたい」

木屋はぽかんとした。運転手の言っている意味が判らなかった。しばらく考えてその思考回路を理解すると、

「いや、それとこれとは話が別じゃ……」とつぶやくように言った。

「いいや、受け取るわけにはいかん。その少年にお菓子《こ》でも買うてやってくれ」

「でも……」

「いいとよ。それにしても、さっすが大下やのう。胸が熱うなったわ」

「はあ。それではお言葉に甘えて」

木屋はなんだか悪い気がしたが、あわてて大下の後を追った。

大下が病室に入ると、ケン坊はあまりの出来事に口を開けたまま固まった。

「災難だったね」

大下は微笑みかけた。

「なにか欲しいものはないか。オールスターが始まるぞ。サインを貰ってきてやろうか」

「あ。この子は口が利けんとです」

「そうだったな。書くものない?」

木屋がメモとペンをさしだした。

大下は丸椅子に腰をおろし、ケン坊に顔を近づけた。

「どんなことでもいい。君の望みを書いてごらん。叶《かな》うか叶わないかは、考えなくっていいよ。君の本当の望みを遠慮せずに書くんだ」

ケン坊はあいかわらず口を開けたまま、天井を見つめた。何を書けばいいのやら、さっぱり思い浮かばないようだ。

「あわてなくていいよ。いくらでも待つからね。ゆっくり考えてごらん。欲しいもの、したかったこと、何でもいいんだ」

やがてケン坊の目が輝き、ペンを走らせた。

ホームランが、打ってみたかったとです

「なるほど――」

大下は、自分の頭上三十センチくらいのところから声を発し、腕を組んだ。

虚を衝《つ》かれたのだろう。

自分が打つなら造作もないが、人に打たせるのは難しい。大下は深く考えずとも体が勝手にぽんぽんスタンドに運ぶから「大下《ポン》さん」と呼ばれているのだ。

だが木屋にもケン坊の気持ちは痛いほどよく判った。これは、おちんちんをつけて生まれてきた種族すべての願いだ。柵越えを放ち、満場の喝采を浴びながら、ゆっくりとダイヤモンドを一周してみたい。男の子として生まれ、一度としてそう願わなかった者がいるだろうか。

「これは宿題にさせてくれ」

大下はびりっとメモを切り取り、尻のポケットにしまった。

「また来るからね」

木屋は病院の玄関まで見送った。

「あまり気にせんといてください。こうして来てもらっただけでも、ケン坊は幸せもんです。それにあの子の脚、よう治らんとですよ」

「そうかい。それじゃますます考えなくちゃな。男に二言なしだ」

大下がタクシーの前に立つと、すぐにドアが開いた。木屋と目の合った運転手がにやりとした。先ほどの運転手だ。また大下を乗せたくて待っていたのだろう。

この年の西鉄ライオンズは、八名もの選手をオールスターに送り出した。打者は一番高倉から六番河野までがそっくり選ばれ、投手では稲尾と河村。そして最高殊勲選手には大下が選ばれた。

西鉄のためにあるようなオールスター二連戦だった。

オールスターの終わった翌日、木屋は病室を訪ねた。ケン坊のベッドの脇に、色紙が山と積まれている。巨人の川上哲治《かわかみてつはる》、別所毅彦《べっしょたけひこ》、藤田元司《ふじたもとし》、広岡達朗《ひろおかたつろう》。国鉄の金田正一《かねだまさいち》、飯田徳治《いいだとくじ》。大洋の青田昇《あおたのぼる》、秋山登《あきやまのぼる》。セリーグのスター選手ばかりだ。思わずため息が出た。

「これ、大下さんが？」

ケン坊が嬉《うれ》しそうに頷いた。大下が敵方ベンチに乗り込んでせっせとサインを書かせる姿を想像して、木屋は可笑《おか》しくなった。もちろん大下の頼みを断れる選手なんて、この世に存在しない。

「よかったなケン坊。こういうのを怪我《けが》の功名と言うんやぞ。さあ明日は試合や。朝方迎えに来るけん、用意しとけよ」

18

田宮が事務所に入っていくと、ナツヒコが言った。

「親分。さっきまたあいつが来て――」

「馬鹿たれ、叔父貴と言わんか。俺の兄弟分やぞ」

「その達の叔父貴が来て、いつもの店で待っとると言うとりました。あと」

「なんや」

「叔父貴にウンコば流すように言ってつかぁさい。いっつも置いていくとです」

田宮は苦笑しつつ、朝日食堂へ足を向けた。

盃を交わしてからというもの、シッピンの達は毎日のように田宮の事務所を訪ねてきた。田宮は達と三日三晩飲み歩き、二度カネを用立ててやり、一度銭湯で背中を流し合った（このとき田宮は達の刺青に息を呑んだ。足首から蛇の尻尾が始まり、それが脚、尻、背中、二の腕を這い昇って、手首からにょろりと舌を出している。これが左右対。二匹の大蛇を褒めると、達は少年のように無邪気に喜んだ）。

田宮は達を「野良犬のような奴やな」と思っていたが、それは間違いだった。「ような」ではなく、野良犬そのものだ。

飲食店では食べかすをぺっぺと床に吐きちらす。カネを払おうとしない。無銭飲食が基本なのだ。外で催すと何処《どこ》でも立小便をする。気に入った女を見かければ、その場で連れ込み宿へ誘う。博打で負けると街で最初に肩の触れた男に殴りかかる。すべて野良犬の所業である。目には一丁字もない。おそらくひらがなも怪しいのではないか。

――ああいうんを、大阪ではケッタイな奴と言うんやろうな。

田宮も育ちの悪さでは人後に落ちない自信があった。人でなしと呼ばれる人間もずいぶん見てきたつもりだ。それでも達は規格外れだった。誰にも飼いならすことはできない。いわば血統書つきの野良犬である。

ところがそう判ってみると、田宮は達を嫌いになれなかった。たしかに出目銀が言ったとおり

「仁義もへったくれもない」奴ではあるが、達には銭金に執着しない行動原理があった。少なくともそれを第一原理とはしていない。仁義の看板を掲げて、そのじつ銭金に執着する輩《やから》よりも、よほど気持ちがいい。

達が酔って言ったことがある。「わいの生まれた街ではな、男は歌手かヤクザか野球選手になりたがる。女はその女房《バシタ》になりたがるが、たいていは売春婦《パンスケ》になる。そういう宿命《さだめ》なんよ」

稼業者が生まれ育ちを語ることは滅多にない。おおむね悲惨に決まっているからだ。恵まれた環境に育ったヤクザなど、海中で育ったサルを見つけるくらい難しい。それをこだわりなく喋るところが、いかにも達らしかった。

それで田宮も、おのれが貧しい炭鉱街で生まれ育ったこと、戦争である人物に命を救われたことを話して聞かせた。

「そんな人、おるんやな」

めずらしく達が、しみじみとした口調で言った。

「わいの初めての親分なんて酷いもんやったで。まだガキやったわいを唆《そそのか》してな。そんでひとり殺《や》ったんよ。ところが檻《おり》から出たら、幹部にしたるいう約束を反故《ほご》にしよった。それで親分を刺して、こんどは十年ぶちこまれた。出たら絶縁状が回っとる。仕方なしに板前になったが、包丁《アレ》は魚やなくて人を刺すためにあるもんや。当時親しうしとった兄貴分に事情《ワケ》を話したら、『よっしゃ、そういうことなら盃交わしたろ』言うてな。そんでこの世界に舞い戻ったんよ」

どうにも、ケッタイな話ではあった。

田宮は朝日食堂の戸を開けた。

「おう、来たか兄弟！」

どういう訳か、達はこの店を気に入っている。

達は、田宮が席に座るのを待つのももどかしく、手荒にお酌した。

「じつはな。今日は兄弟にひとつ教えとこ思てな。マズイで、兄弟んとこ」

田宮は口へ運びかけたお猪口を止めた。

「どこの話や。うちか、洲之内一家か、本家か」

「本家やあらへん。洲之内はんとこや」

「詳しう聞かせてくれ」

「そのつもりや。おたくの中山は、北影んとこの若頭と兄弟やろ。ところがこの北影の若頭は、うちの若頭とも兄弟なんや」

「大阪の葛城さんとこか」

「そや。そんでうちの若頭は、大阪本家の若頭と兄弟や」

「ほう。それで？」

「うちらの盃の儀式のあと、うちの若頭と北影のとこの若頭が飲んだ。その席に、中山もおったんよ」

田宮の目つきが険しくなった。

「あることないこと吹き込まれておったで。おたくの補佐」

「それは八百長野球と麻薬《ヤク》のことと違うか」

「なんや、知っとったんか」

「詳しゅうは知らん。で、中山の兄貴がわしらを売った、と言いたいんか」

「そうは言わん。親分を口説いてみます、と言うとっただけや。だけどあれ、パアパア舞い上がっておったで」

「つまり、大阪と北影んとこで絵ぇ描いとると言いたいわけやな」

「そのとおりや。そもそもわいがこうして博多に遊び来てるんも、それあってのことやしな。でっかい絵やでぇ。盃交わしたいうても、下手したら北影組は大阪の福岡制覇の尖兵《せんぺい》にさせられるかもしれへんよ」

「お前、そんなことバラして大丈夫か」

「兄弟分やないか」

「なら訊こう。お前が俺と盃交わしたんも、要するにそういうことなんやな」

「要するに、そういうこっちゃ。上の人間にしてみれば、わいみたいな一匹狼《いっぴきおおかみ》は都合がよろしいんや」

「なぜ話してくれる」

「あいつら、一宿一飯の恩を被《かぶ》せてきよった。好かんのや。そういうんは」

達は吐き捨てるように言った。

「そこへいくと兄弟は恩着せがましいことひとつも言わへん。それにわいが以前ヤッパ構えたことあったやろ。あんとき喧嘩《けんか》強そうやな、と思うた。だからや」

「こっちこそ恩に着るぞ。お前には任侠道はないかもしれんが、スポーツマンシップはあるな」

「へ？　なんやそれ？」

「強い敵を天晴《あっぱ》れと思うんは、スポーツマンシップたい。辞書に書いとったと」

「なんや学士さまやったんか、わいの兄弟は。で、どないするつもり？」

「様子ば見る。中山の兄貴も付き合いの手前、そう言わないけん時もあるしな。大阪だ福岡だっちゅうのはどうも……」

「でかすぎてピンとこんか。そりゃそやろな。でも気ぃつけいよ。大阪でも昔気質の博徒は縄張《シマ》荒らされとる。なんでもござれのとこと比べると、どうしても資金力に差が出るからな。ところで兄弟、あした小倉競輪いかへん？」

「あしたは野球の試合なんよ」

「ふうん。しっかし、博多は西鉄狂ばっかりやな。大阪の虎キチもたいがいやけど、博多は輪をかけとるで」

「西鉄は博多の誉れやけんな。血が騒ぐとよ」

達は酒を呑み干すと「銭湯行こか」と言った。また刺青を褒めてもらいたいのかもしれない。

田宮は勘定を済ませてから「そういえば兄弟」と達の肩を叩いた。

「うちの事務所で用を足したら、水ば流してくれよ」

達は悪びれもせず、「へっ」と笑った。

19

快晴だった。

両翼七十メートルの中学校のグランド。みそのライオンズは三塁側に陣取った。苑長や女の子たちが応援に駆けつけ、ケン坊も貸し出してもらった車椅子で木屋のそばに控えた。

対する一塁側の大下チームは、まことに子柄《こがら》がいい。父兄の品の良さからも、そのことは窺える。ただし父兄からすこし離れたところに、異色の応援団がいた。日傘をさし、手には稲荷《いなり》ずし。

大下馴《なじ》染みの中洲の色っぽいお姐《ねえ》さんたちが、応援に駆けつけたのだ。

球審は稲尾だった。開幕から獅子《しし》奮迅《ふんじん》の活躍をつづけるエースが、貴重な休日を潰してアンパイヤを買って出てくれた。

「プレイボール！」

稲尾球審の声が轟《とどろ》いた。

一回表、みそのライオンズの攻撃は三者凡退。その裏にヒットとエラーで二点を先制された。

二回裏にもエラーで一点を追加される。

「あっちゃ～。球が前に飛んだらみんなヒットたい。こっちは前によう飛ばんし」

田宮監督は早くも相当ジリジリきている。木屋はくすりとした。試合前に交わした「大切なのは勝ち負けじゃなか」「おう。判っとる」というやりとりは何処へいったのやら。

ところが三回表、みそのライオンズが二点を取り返した。その裏、エースのシゲやんがマウンドへ上がりかけたところを、稲尾が呼び止めた。身振りを交え、何かアドバイスを与えている。これを機に、シゲやんは快投を演じた。三者三振。ベンチへ戻ってきたシゲやんに、ナツヒコが訊ねた。

「なにを言われた？」

「リリースポイントが一定になることだけを意識せい、と言われました」

「一言であれか。さすがやのう」

そこから試合は一進一退となった。ヒット、重盗、トンネル、振り逃げ、黄色い声援、バンザイ。少年野球らしい賑《にぎ》やかさだ。

いつの間にかギャラリーも増えた。

「あれは大下やなかか？」

「球審は稲尾やぞ」

とささやき交わしている。

ケン坊は両手を握りしめて試合を見守った。仲間がヒットを打てば夢中で腕をまわし、フライを捕ると手を叩いて歓《よろこ》んだ。

六回表を終わって八対六。大下チーム二点のリード。あくまで勝利をめざす田宮はハッパをか

ける が、木屋にしてみれば予想外の大健闘だった。

ところがその裏、頼りないバックを背負い踏ん張ってきたシゲやんが崩れた。味方のエラーが重なり、ヒットでまとめて返される。大量六失点。最終七回表を待たずに勝負あり。長い守備から戻ってきた少年たちは、通夜のように静まりかえった。

「なにしょぼくれとるか。最後に意地ば見せい！」

と田宮監督は言うものの、最終回は控えに甘んじてきた子たちを打席に立たせてやらねばならない。名ばかりの代打攻勢をかけたが、瞬く間に二アウトとなった。

あと一人。その時だった。

大下がのそりとベンチから立ち上がり、稲尾球審に告げた。

「代打、俺！」

大下はバットケースから自分の木製バットをとりだし、ぶんぶんと素振りを始めた。空気を切り裂くような凄《すさ》まじい音が、三塁側ベンチまで聞こえてくる。

「え〜、監督ズルかぁ！　なして敵方の代打に出ると！」

大下チームの子が言った。すると稲尾が「そういうことなら」とマスクを外した。

「ピッチャー代わりまして、稲尾！」

自分で宣言して、肩をぐるぐる回しながらマウンドへ向かう。

稲尾はピッチャーの少年からグローブを借り、投球練習を始めた。

グランド中から喝采があがった。

木屋はあわてて球審のマスクをかぶった。大下が打席に入る。

「プレイ！」

稲尾の初球は内角低め。きわどいコースだったが、

「ボール！」と木屋は判定した。

稲尾は四分ほどの本気度とみた。ここで全力投球して肩を壊すわけにはいかない。大下はバットで真ん中高めあたりを指し示した。「ここに放れ」という意味だろう。頷いた稲尾が投じた二球目は、その通りの高さとコースにきた。

バチンッ！

大下が目いっぱい引っ叩いたボールは、大きくライトに舞い上がった。打球はそのまま網を越え、民家の屋根を直撃。「ポーン」と瓦が一枚、水面に跳ねる魚のように宙を舞った。

一瞬の静寂のあと、大歓声がまきおこった。

すると大下はバットを置き、三塁側へやって来た。ケン坊の前で背をひるがえし、しゃがみこむ。

「これは、君が打ったホームランだ」

大下はケン坊をおぶって、ダイヤモンドを回りだした。

「ナイスバッティング！」

「よっ、大統領！」

「征夷《せいい》大将軍！」

観客から掛け声がかかる。

拍手喝采につつまれたケン坊は、大下の肩に摑《つか》まりながら、はにかんでいるようにも、誇らしげなようにも見えた。

――やったな、ケン坊……。

おそらくこれが、ケン坊の生涯で唯一のホームランとなるだろう。この一周のあいだが、あるいは人生で最高のスポットライトを浴びる瞬間になるかもしれない。

だがそれは凄いことだ。大下の背中に乗ってダイヤモンドを回った少年なんて、日本中を探したっていやしない。木屋は熱いものが込みあげてきてマスクを取ることができなかった。生まれてから十一年間、不遇の孤児として生きてきた少年が、いまこの瞬間は、日本でもっとも幸福な少年となったのだ。

大下はホームベースを踏むと、ケン坊を車椅子に戻した。

こうして英雄は、少年との約束を果たした。

20

オールスター明けの後半戦、西鉄ライオンズは怒濤《どとう》の快進撃をみせた。七月半ばから二十四勝二敗。

田宮は西大橋を歩いていた。むさくるしい残暑の夕暮れどきである。じめっと肌にまとわりつくシャツが鬱陶《うっとう》しい。それでも西鉄が勝った晩は、街ゆく人びとのさざめきが、多少は心地よく感じられる。

——やっぱり西鉄やのう、博多の華は。

このところ田宮は、西鉄が勝つたびに大下の中学校でのホームランを思い出し、「あれぞ男の中の男たい」と胸が焦がれた。何より、一発で決めたところがいい。

橋のたもとにさしかかると、日活ホテルがあった。かつてジョー・ディマジオとマリリン・モンローが宿泊したことがあり、それが博多っ子の自慢の種だった。

だが田宮には、その向かいにある花関《はなのせき》ビルこそ思い入れが深い。こちらも中洲のシンボルマークといっていいだろう。お目見えしたのは三年ほど前だが、田宮の会社も竣工《しゅんこう》には立ち会った。あのときはコーナーを丸く仕上げるのに往生した。

——なしてこげん面倒な造りにするんじゃ。

と思ったが、出来上がってみれば、なるほど瀟洒《しょうしゃ》な造りだった。田宮は角の丸くなった花関ビルを目にするたび、そこだけが一足先に未来を体現しているように感じる。

——こうして古い建物は取り壊されていくんやのう。そうして、ひとつずつモダンなビルヂングに建て替えられていくんや……。

目に見えるかたちでの「復興」とはそういうものなのだろう。中洲だけに限った話ではない。博多も、福岡も、九州も、日本全体も、だんだんと新しい装いに建て替えられていくのだ。それ

はおそろしく気の長い陣取りゲームのように感じられたが、

――なあに、そのお陰で土建屋は喰《く》いっぱぐれがなかとよ。

と田宮は思わず片頬がゆるんだ。すると人足不足のことが頭を掠《かす》めた。このところ受注が絶えない。嬉《うれ》しい悲鳴である。

ふと橋の上から那珂《なか》川を見おろすと、子どもたちがくるぶしまで水に浸かっているのが見えた。引き潮どきをねらって、夕暮れの涼をとっているのだ。男児はパンツ一丁ではしゃぎまわり、スカートをたくし上げた女の子たちは水しぶきを浴びながら、「好かーん」と逃げまどっている。なつかしい夕景だった。今度はそこだけ過去に巻き戻したようだ。

田宮が育った炭鉱街の川は、石炭で黒く汚れていた。どうしても一度、澄んだ水を見てみたくて、仲間と上流へさかのぼったことがある。川底が見えるほど澄んだ清流にたどりついたときは、目を洗われるような感動をおぼえた。ただし家に帰り着いたのは、日もとっぷり暮れてからのことで、大人たちには大目玉を食らった。

田宮はそんなことを思い出しながら欄干《らんかん》にもたれ、眼下の様子をしばらく眺めていた。水が跳ねるのを見ているだけでも、涼しい心地がしてくる。

――呑気なもんやな、子どもたちは。ばってんあれっくらいの年頃が、いちばんいい時期なのかもしれん……。

田宮はようやく顔を上げた。花関ビルの裏手にある「トリスウヰスキー」の看板が目に入り、ごくりと咽喉《のど》を鳴らした。

橋を渡ってしばらく行くと、赤波の事務所がある。

「ご苦労さんです」

歩哨《ほしょう》に立つ若い衆が言った。ものものしい雰囲気だ。

「兄貴、陣中見舞いに参りました」

「済まんな」赤波が腕を組んだまま言った。

「どこの仕業ですか」

「それが、判らんのじゃ」

赤波は苦りきった表情だった。昨晩、赤波の事務所に二発の銃弾が撃ち込まれたのだ。

「ふうむ」

田宮も腕を組んだ。

通常ならこれは宣戦布告のサインだ。しかし肝心の敵の姿が見えぬとなると――おかしいではないか。誰がなんのために撃ち込んだというのだ。田宮はもういちど赤波の表情をうかがった。いつものとおりお地蔵さんだ。

――ほんとに見当がつかんのかもしれんな。

赤波のシノギは賭場のテラ銭一本である。どこかとバッティングするとは思えない。するとしたら縄張のかぶる北影組だが、だしぬけに組事務所へぶっ放すほどの対立はどこにもない。とくに田宮とシッピンの達が盃を交わしてからは、穏やかなものだった。

「兄貴、うちからも応援出しましょうか」

「それには及ばん」

こんどは目まで閉じている。いよいよお地蔵さんだ。こうなると話の接ぎ穂がない。

「それじゃ、また来ますけん」

「手間やったな」

田宮はその足で、洲之内の賭場を訪ねた。ちょうど開帳の日にあたる。

洲之内は奥の間で、出目銀と弁当を使っていた。

「親分、田宮です」

「おお、来たか。いっしょに食わんか」

「へい、ありがとうございます。ばってん、先ほど済ませてきましたんで。いま、若頭んとこに顔出してきました」

「どげん言いよった」

「心当たりはなか、と」

「お前はどう思う」

「怨みを買うような人じゃなかし、若頭が心当たりなかと言うなら……」

「そんな訳あるかい。どこの誰が、理由もなしにヤクザの門扉に弾ば撃ち込む」

出目銀がふふふ、と笑った。「いかにも」と言いたげだ。

「それじゃ若頭は?」

「大方、目星はついとろう。あれは昔っからああなんじゃ。一人で抱え込むとよ。むかし三国人とガッタガタの出入りがあったときも、わしに黙って一人で乗り込みやがった」

「さすがですのう」

「まあそのうち話もあろう。若いもん同士のいざこざかもしれんしな。それよりも田宮」

洲之内が顎をひいた。もうすこし近《ちこ》う寄れ、という仕草だ。田宮は正座のままにじり寄った。

「もう二代目はいかん。末期たい。いよいよとなれば、わしは北影を三代目には推さん腹ば固めたぞ。奴が性根を入れ替える、っちゅうなら話は別やけどな。そのつもりでおれよ」

「へい」

田宮は達から聞いた話を告げるべきかどうか考えた。兄貴分の中山を密告《さす》ようで、どこか気が咎《とが》める。まだ確証はない。ひょっとしたら「敵の懐へ飛び込め」という中山なりの諜報《ちょうほう》活動の可能性だってある。それに洲之内が腹を括《くく》ったのなら、どのみち近いうちにひと悶着あるはずだ。そのときまで静観しても問題あるまい。

帰りがけ、シッピンの達のいそうなところをいくつか訪ねた。このところ顔を見せに来ない。三軒目の麻雀屋で「ちいと大阪に帰ると言いよった」とマスターが教えてくれた。挨拶もなしにぷいといなくなるところが達らしい。

達のいなくなった博多の街は、すこし淋《さび》しかった。野良犬とはいえ相棒は相棒だ。

──おやじの店でも行って、あいつが来るのを待つか。

と、田宮はもうひとりの相棒の顔を思い浮かべた。

21

西鉄の快進撃を支えたのは稲尾だった。後半戦はマウンドに上がれば必ず勝った。そのたびに木屋は「また勝った」「またまた勝った」と書き、「またまたまた勝った」と書いたところで「ええ加減にせえ！」とデスクに頭を叩《たた》かれた。

木屋がデスクに拳骨を喰《く》らった晩、川内から社に電話があった。八ヶ月ぶりだ。

「淳さん、元気にしとう？」

「ふふふふ」

「なにが可笑《おか》しかね。大丈夫？」

「怒りが込み上げると、人は笑うとたい。このバカタレ、今までなんばしよったとか！」

「そげん怒らんで。あれから仙台逃げたり、新潟飛んだり大変やったとばい」

「いまは」

「また東京に戻ってきたと。板前の見習いば始めた」

「ほう」

「そろそろ嬰児《やや》も出て来そうやけんくさ。手に職ばつけようと思うてね」

「殊勝な心がけやないか」

「あのヤクザたちに変なことされんかった？」

「あっちは話がついた。いまは休戦状態たい」

「どういうこと」

「しばらくは気にせんでよか。……ってことを教えてやろうと思うとったとに、なして連絡も寄こさんとか！」

「また怒る。よくわからんけど、それなら、こんど淳さんが東京に来るとき逢《あ》おうよ」

「おう。西鉄も優勝が見えてきたけん。日本シリーズ中は忙しか。それが終わったらゆっくり逢おうやないか。連絡先教えとけ」

「また変なの連れてこないでよ」

「どの口が言うか。いまは休戦や言うとろうが」

「じゃあ店の番号ば教えとく。夜は店が忙しいけん、昼の仕込み時間にして」

「判《わか》った。そういえばケン坊がな」

クルマに轢《ひ》かれた。と言いかけて、身重の双葉を慮《おもんぱか》った。

「ホームランば打ったと」

「へえ？　それは凄《すご》かね。ケン坊にもよろしく言うといて。いつか絶対に姉ちゃんとふたりで、いや甥《おい》っ子と三人で引き取りに行くけん」

「男の子と決まったわけやなかろうもん」

「絶対に男の子やって双葉が言いよるよ」

「そうか。それじゃ十一月ごろに」

「うん。十一月に」

　この電話で、木屋はずいぶんと気持ちが楽になった。のんびりした川内の口調に、どこか救われる思いもした。生まれてくる子どもと、ケン坊をあわせた四人が、憂いなく暮らせる道はないものだろうか。あの姉弟にとっての「戦後」も、早く終わってほしい。木屋は受話器に手を置いたまま、そんなことを考えた。

　――さて、田宮はどげんするつもりなんやろう。

　いずれカタはつける、と言っていたがどうやって？　今やこの一件は、田宮の胸三寸にかかっているといっても過言ではないのだ。

　そんなとき、みその苑の苑長から「折り入って相談がある」と連絡が入った。どうやら「みそのライオンズ」のエース、シゲやんに関することらしい。彼は来年中学校を卒業したら、電器屋に住み込みで勤めることが決まっていた。

　木屋は「はて？」と首をひねりつつ、苑に駆けつけた。苑長は木屋の姿を認めると、すぐに苑長室へ通した。ドアをばたんと閉める。ただならぬ気配だ。

「どげんしました」

「最近、シゲオくんがおかしいの。不良になっちゃったかもしれないのよ」

　話をまとめるとこうだ。このところシゲやんは夜になると苑をこっそり抜け出す。どうやら田宮組のナツヒコにくっついて、夜の中洲を徘徊《はいかい》しているらしい。

格好もだんだんと派手になってきた。はじめはだぶだぶのジャケットを着ていただけなのだが、やがて開襟シャツとエナメルの靴を手に入れた。そして昨晩、ついに金のネックレスをつけて戻ってきたというのだ。

「どこでそんなお金を手に入れてるのかしら。何か悪いことに巻き込まれていなければいいけど……」

「身なりは、たぶんお下がりでしょう。シゲやんはどげん言いよるとですか」

「それがね」

苑長は両手で顔を覆った。「電器屋にはならん。ヤクザになる、って言い出したの」

「な、なな――」

「なんでかしらね。わたしがあの田宮さんて人を信頼したのがいけなかったのかしら。子どもたちの面倒をよく見てくれるから、つい」

木屋の胸がざわめいた。「あいつめ。なんばしてくれよったとじゃ」と田宮の顔が思い浮かぶ。

「いまシゲやんはいますか」

苑長は首を横に振った。

木屋は時計を見た。夜の七時半だ。

「ちょっといまから様子ば見てきます」

「そうしてくれる？　もうわたしじゃ手に負えなくて」

その十五分後には、田宮組の事務所に到着した。

木屋がドアを開けた途端、シゲやんの姿が目に入った。銜《くわ》え煙草《タバコ》をしながら、ナツヒコたちの花札に見入っている。

木屋はつかつかと歩み寄り、煙草を奪い取った。床に叩きつけ、踏み潰す。

「なんばしようとや！」

木屋の剣幕に、シゲやんは「べつに……」と目を逸《そ》らせた。

黒の上下に、白いシャツ。たしかに首元にはネックレスが巻きついている。格好だけならそれらしく見えるが、幼さの残る面貌にはまるで悪い冗談のようだ。

この格好が板についてからでは遅いんじゃ、と木屋は思った。

「おいナツヒコ。俺はこいつにピッチングば教えてやってくれとはお願いしたが、こげなどまぐれを仕込んでくれと言うた覚えはなかぞ」

「いや、でもさ――」

「でも糞《くそ》もあるか。なんばしてくれるとか。まだ子どもなんやぞ」

ちっ、と舌打ちしてナツヒコは口を尖《とが》らせた。

するとシゲやんが言った。

「木屋さん。兄貴は悪くなかです」

「なにっ？」

「俺が舎弟にしてください、って頼んだとです。だから兄貴のせいやなか」

「なんば言うか。お前は電器屋に就職が決まっとろうが」

「俺、電器屋にはなりとうなか」

「なしてじゃ」

「ヤクザのほうがカッコよかもん。それに、自分にも向いとると思っとります」

「寝ぼけたこと抜かすな。お前、自分の言いよる意味が判っとうとか」

「判っとります。もう決めたことですから、口出さんといてください」

木屋はため息をついた。いつのまにこんな口を利くようになったのだろう。

「田宮はこのことを知っとうとか？」

「はい」とナツヒコが言った。

「どこにおる」

「たぶんいつもの店に……」

「今から行って話してくるけん、お前は苑に戻れ。よかな。ちゃんと戻るとぞ」

不服そうにするシゲやんを残し、木屋は朝日食堂を襲った。

一杯加減の田宮が、ひとりでいた。

「おう。久しぶりやないか。このところ相方がおらんで往生しとったぞ」

「いま、お前の事務所に寄ってきた」

「なんや。急用か？」

「シゲやんが銜え煙草して、札ば引きよった」

「おお、あいつな」

田宮は愉快そうに言った。

「いまナツヒコにつけて、修行ばさせよるとたい。なかなか見所あるぞ。煙草持って来いと言うたら、ちゃんと灰皿とライターも持ってきよる」

「どういうことや」

「なにが？」

「なしてシゲやんをヤクザの道に引きずり込む？　あいつはもう就職先も決まっておって――」

木屋が言い終わらぬうちに、

「おいこら」

田宮がガタンと立ち上がった。

一瞬で凄《すさ》まじい形相に様変わりし、木屋の胸倉を摑《つか》んできた。

「いまなんと言うた？　ヤクザの道に引きずり込む、言うたな？　引きずり込むやと？　ちいと表出んかい」

木屋は胸倉を摑まれたまま、連れ出された。すごい膂力《りよりよく》だ。

表へ出ると、田宮はそのまま木屋を引きずり倒した。木屋は地面に両手をついて、どうにか転げずに済んだ。

田宮が仁王立ちで言った。

「おのれはヤクザを見下しておったんか！　おお？　俺を腹の底では蔑みながら付き合《お》うてきたんか、と訊《き》いておるんじゃ。ええ、どうなんや？」

木屋はぎりぎりと砂を握りしめた。

「こら、よう聴けよ。お前は一生あいつの面倒を見るんか？　見らんやろ。俺は見る。一生見るぞ。盃《さかずき》交わしたら、血を分けた息子も同然たい。あいつの身が立つように、一生面倒見たるんや。シゲオの目は本気やったぞ。本気でヤクザになりたいと思うとる。本気で田宮組の一員になりたいと思うとるんや。あいつだって家族が欲しいんじゃ！　それをお前はなんや。高みっから偉そうに口先だけで。この腐れブンヤが。おい、なんぞ言い返すことあるか？　あったら言うてみい。ほれ、なんぞ謳《うた》ってみんかい」

木屋は立ち上がり、砂を払った。

田宮を睨《にら》みつける。田宮も睨み返してきた。

言葉が見つからなかった。

木屋はくるりと背を向け、歩き出した。田宮は追って来なかった。

繁華街に出たところで、公衆電話から苑長に連絡を入れた。

「シゲやんは帰ってきましたか」

「まだよ」

「すみませんが、この件は預からしてください」

「ええ、もちろんいいけど……」

電話を切ると、木屋は再びとぼとぼと歩き出した。

ワイシャツのボタンが三つ、ちぎれていた。

22

田宮はボールを手に取り、ムッと押し黙っていた。

時おり思い出したように、ぽーんと天井へ放り投げ、掌《てのひら》でうけとめる。手に収まるたび、〝生きる〟〝球友へ〟と書かれた球面をまじまじと見つめた。

「親分、お茶が入りました」

シゲやんが湯呑《ゆの》み茶碗《ちゃわん》を置いた。

「あいつは何も言うてこんか」

一時間ぶりに聞く声だった。

「木屋さんのことですか？」

「そうや」

「とくには……」

「なら、ええ」

田宮はふたたび沈黙に舞い戻った。ずずっ、と茶をすする音だけが響く。

親分がこんな調子だから、子分たちは花札はおろか、煙草に火を点《つ》けるのですら気兼ねした。

なんと辛気臭い組事務所であることか。

田宮は、自分が悪いと思っていた。

木屋の言葉尻を捉えて激昂《げっこう》した自分に非がある。揚げ足取りに近い。そうも思った。

だが、明確な二分法に生きるこの男にしては珍しいことに、自責の念をすぐ行動に移すことができなかった。いつもの田宮なら、自分の非を認めた瞬間、からっと謝るはずだ。

――なぜ、そうできんのやろう？

ずっとそのことを考えているのだ。なぜ自分は激昂したのだろう。どうして素直に謝ることができないのか。

ひょっとしたら、自分の抱える劣等感みたいなものが、ひょいと顔を覗《のぞ》かせてしまったのだろうか？　いや違う。断じて違う。自分はこの稼業を恥だとは思っていない。たしかに洲之内の言いつけを守り、道の真ん中を歩きはしない。旨《うま》いものも口にしない。だがそうして分限をわきまえている限り、おのれの稼業を恥と思う必要はこれっぽっちもないのだ。

ではなぜ、こうも頑《かたく》なになってしまうのだろう。ひょっとしたらあのとき、木屋にすぐ否定してもらいたかったのではないか？

「そうやない。俺がお前を見下すはずないやないか」と。

ついでに横っ面の一発も張ってもらえたら、こちらも矛《ほこ》の収めどきがあったというものだ。

だがこの考えを採用すると、やはり自分が劣等感を持っていたことを認めることになる。木屋にそれを否定してもらうことで、ようやく自分も胸を張れる、という論法になるからだ。

田宮はもういちど〝球友へ〟と刻まれた球面を見つめた。

――俺と木屋さんは、球友やったとや……。

序列だとか、稼業だとか、年齢だとか、そういうしち面倒くさいしがらみをぜんぶ取っ払ったところで、キャッチボールをしていたのだ。球友とは、そういうものだろう。それだけでわかりあえていたのだ。

木屋さんは言ってくれた。

「俺はお前のことを、弟分やと思うてきたけん」

たしかにあのころ、自分はまだヤクザではなかった。だがそれを抜きにしても、木屋さんは俺をすこしも見下したりはしなかった。いや、弟の方だって見下している訳やなかろうばってん……。

田宮の目がずっと遠くを彷徨《さまよ》っていたところに、

「久しぶりやのう兄弟」

と入ってきた男がいた。シッピンの達だ。

途端に田宮の目に、現実の強い光が戻ってきた。

「なんや達！　どこ行っとったんや？」

「ちいとな。それにしても、やけに静かやん。学級会のお時間か？」

「あほ抜かせ」

シゲやんがお茶を淹《い》れて運んできた。

「兄弟に紹介しとこう。こいつは新入りでシゲオいうんや」と田宮が言った。

シゲやんはぺこりと頭を下げた。

「おう。ボクはまだ生まれたまんまの肌か。刺青《もんもん》入れるんやったら言うてこい。ニッポン一の彫り師を知ってるさかい。口利き料は勉強させてもらうで」

「こりゃ。十五歳から金とってどげんするとか」

田宮が言うと、笑い声が響いた。普段なら子分たちにとって、この叔父貴《おじき》ぶんの来訪はあまり歓迎できたものではない。しかし今日に限っていえば、まことに有り難かった。事務所は、新鮮な水に取り替えたメダカの水槽《すいそう》のように活気をとりもどした。

「腹ぺこぺこや。いつものとこ行こか」と達が言った。

「そうしよう。おい、ナツヒコにシゲオ。お前らもついて来い」


朝日食堂に着いた四人は横並びに座った。いつ来ても座れるのがこの店のいいところだ。

「ところで達よ。お前、堅気の友人はおるか」

と田宮が言ったのを聞いて、ナツヒコはシゲやんに目配せした。やれやれ、まだ「あのこと」が親分の頭を占めているのか。

「へ？　おらへんよ」と達が言った。

ナツヒコは「そりゃそうやろうな」と思った。この叔父貴と友人になれる堅気がいたら、そいつは医者に診《み》てもらうべきだ。

「欲しいと思わんか」

「なにが?」

「だから、友よ」

「堅気のか? 思わへんよ。だいたい『堅気に儲《もう》けさすな』いうんがヤクザのモットーやないか。お友だちごっこしてどないすんねん」

「でも、おったらよか、と思うことはあるやろ?」

「なんでや?」

「なんでって……たまには違った窓から外の世界を眺めてみたいやないか」

「違った景色が見たかったら、外へ出ていって見たらよろし。今日の兄弟、どっかおかしいで。熱でもあるんちゃう? さては恋わずらいか」

この台詞《せりふ》に、ナツヒコはハッとさせられた。

――そうか、これは親分の恋わずらいなんや!

そう思うと、すべてが納得いった。

田宮も親分と呼ばれる人間だ。夜の街に馴染《なじ》みの女の二人や三人はいる。だが「いざというとき足枷《あしかせ》になる」という理由から、田宮は家庭も子どもも持たない主義だった。つまりは、女と深い仲になることを避けてきたのだ。

――その親分が、なぜあの記者には執着するんやろう?

これがナツヒコには不思議でならなかった。ナツヒコには、似たような年恰好《としかっこう》の友人が何人もいる。みな堅気だ。彼らも威勢のいい年頃だから、ナツヒコという筋もんの友人がいることを誇るふうだった。だが、やがて彼らが生業を持ち、家庭を持つと、自分から離れていくであろうことを、若いナツヒコはまだ知らなかった。

しかしいまの達の言葉で気づかされたのだ。

――親分は五分の兄弟が欲しいんや。それも堅気の兄弟が……。

親分の恋わずらい。すこし気色悪くはあったが、それ以外に田宮がここまで気を病む理由が見当たらない。

「しばらく博多におるんやろ」と田宮が言った。

「いや。すぐまた旅に出る。今度は長くなるかもしれへんで」

「そうか……」

田宮が淋しそうな顔になったのを見て、ナツヒコはいよいよ不憫《ふびん》に思った。

店を出たところで「お前らはもうよか」と田宮が言った。

ふたりきりになると、ナツヒコはシゲやんに言った。

「俺らで手打ちの儀式ば主催してやらんといけんな」

「なんのですか」シゲやんが首を傾《かし》げた。

「あほ。親分と木屋さんの手打ちに決まっとろうが。お前、中学校のグランドの押さえ方、知っとるか?」

「へい」とシゲやんは答えた。

本当は知らなかったが、この世界で兄貴分の命令は絶対だと聞いている。

23

木屋はひと月以上のあいだ、田宮と顔を合わせていなかった。

――あいつこそ俺を見損なってたんやないか？　口先だけの腐れブンヤと……。

思っていた以上にショックを受けている自分が、ショックだった。

朝日食堂に行こうと、何度か思った。そのたびに思いとどまった。田宮に何といえばいいのか、判らない。

「お前は一生あいつの面倒を見るんか？」

「シゲオの目は本気やったぞ」

「あいつだって家族が欲しいんじゃ！」

こうした言葉が、木屋の心のやわらかな箇所に突き刺さって、抜けなかった。

シゲやんは夜が来ると、あいかわらず苑を抜け出しているらしい。苑長から一度それとなく訊《たず》ねられたが、「はあ。もうちょっとかかりそうです」と生返事を返すことしかできなかった。

西鉄が優勝を決めたのは十月十三日のことだった。

二位の南海に七ゲーム差をつけての連覇。ＭＶＰは三十五勝を挙げた稲尾で、とくに後半の二十連勝は圧巻だった。流線型打線も猛威をふるい、一番から五番まで全員が打率十傑に入った。終わってみれば、稲尾が投げて投げて投げまくり、打線が打って打って打ちまくったシーズンだった。

その勢いは日本シリーズでも発揮された。四勝一分の無傷で巨人軍を一蹴したのだ。二年連続で球界の盟主を撃破。三原監督は再び宙を舞い、かつて自分を追放した読売グループに目にものを見せた。

「巨人の黄金時代は終わった。うちの野球のほうが優れていることが証明できた。巨人も力のベースボールに切り替えなくては勝てないと悟っただろう」（三原）

「巨人はいいチームだけど、どこか暗い面があるね。ワシらは頭が悪いから細かい野球はようせんけど（笑）」（中西太）

木屋は威勢のいいコメントばかりを拾って記事にした。しかし打率三割八分九厘で日本シリーズMVPを獲得した大下だけが、相手を気遣う談話に終始した。

「僕らは川上哲治さんに野球を教わってきたんだ。その人が四番を打つチームに勝ったんだからね。相撲でいうところの恩返しだよ」

これを大人のコメントと捉える向きもあった。しかし番記者の木屋には、大下の心情が察せられた。伸び盛りにある西鉄の若き面々にまじり、ひとり大下だけが凋落《ちょうらく》する巨人軍と川上にシンパシーを寄せているのだ。

今シーズンの大下は三割を打ち、オールスターでも日本シリーズでもMVPを獲得した。それでも小首を傾《かし》げつづけた。自分の打撃に満足がいかないのだ。左脚のケガは一年を通じて完治せず、シーズンでは二十試合ほど欠場した。「史上最強のチームが完成した」と誉《ほ》めそやされるなか、この英雄だけがひしひしと忍び寄る老いと向き合っていたのだ。

——あるいは今シーズンが、大下さんの最後の光芒《こうぼう》になるんじゃなかか。

という不吉な予感を、木屋は完全には振り払うことができなかった。大下は三十五歳になる。

博多と小倉で優勝パレードがとり行なわれ、東京での優勝報告会の日程も決まった。木屋も同道する。それに合わせて、川内と約束の日時を定めた。

「東京見学に行くか」

木屋はケン坊を誘った。東京を見せてやりたい。幸い、ケン坊の脚は完治に近かった。

「姉ちゃんらにも逢えるぞ。一足早いが、卒業旅行たい」

出発を五日後に控えた日、ナツヒコから連絡が入った。

「こんどの日曜、練習します。グランドを押さえるのに、えらい時間が掛かってしまったんですが」

木屋は「了解した」と答えた。「田宮も来るとか」とは訊けなかった。来るなら、ふた月ぶりに逢うことになる。

日曜日、当然のように田宮は来た。

「監督、なんの練習から始めますか」とナツヒコが訊ねた。

「守備練習からにしよう」

「助監督。それでよかですか」

「うん……よか」

「ノックは、どちらがなさいます」

木屋は田宮の方を見かけてやめた。ふたりはまだ目を合わせていない。

「俺がやろう」

田宮がバットを手に取った。

「じゃあ外野は、助監督にノックばしてもらいましょうか」

なおもナツヒコは訊ねた。どうにかして、ふたりに会話をさせたい。田宮は「好きにせい」と言った。ナツヒコはシゲやんと目を合わせ「やれやれ」と苦笑した。監督と助監督、大人げないにも程がある。

シートノックが終わって昼食になった。仕出しの稲荷《いなり》ずしを、みんなで車座になって食べた。そこでも木屋と田宮は、時計でいうところの四時と九時あたりに陣取って、互いに目を合わせないようにしている。

ナツヒコがシゲやんに囁《ささや》いた。

「どげんしよう。これじゃせっかくの手打ちの儀式もパアたい」

「どげんしますかね」

シゲやんは少年たちに向かって訊ねた。

「おい、お前ら。監督と助監督に模範演技ば見せてもらいとうなかか」

「見せてもらいたか！」

「なんがよかね」

「ゲッツーがよか」

ひとりの少年が言うと、「うん、それがよか」とほかの少年たちも口を揃《そろ》えた。

「ふむ、ダブルプレーか……。兄貴、とりあえずゲッツーにしてみませんか」

ナツヒコは頷き、立ち上がった。

「さあ昼休みは終わりたい。今から監督と助監督が、ダブルプレーの模範演技ば見せてくださるぞ。みんな、位置につけ！」

「こりゃナツヒコ。なんやそれは」と田宮が言った。

「みんなゲッツーば取ってみたかと言いよります。ここはひとつ、模範ば見せてやってつかあさい」

「うちのチームがゲッツーなんか取れるわけないやないか」

とぶつぶつ言いながらも、田宮はグローブをはめてショートのポジションについた。木屋も拳でグローブをぽんぽん叩きながら、セカンドのポジションに入った。ファーストにはシゲやん。

少年たちは二遊間のあたりを取り巻いた。

「それじゃいきますばい」

ナツヒコがショートに鋭いゴロを放った。田宮は軽快にさばき、二塁ベースの木屋へトス、木屋はステップを間違えたがどうにか一塁に送球した。

「次、いきます！」

こんどは一、二塁間に鋭い当たりが飛んだ。木屋はなんとか追いついた。が、二塁への送球はすこし逸《そ》れた。田宮は体をたてなおし一塁へ送球。

「セーフ！」

少年たちから声があがり、ふたりは苦笑いをうかべた。

「いまのはどこが悪かったかな」

木屋は少年たちに訊ねた。

「ショートへの送球が悪かった。あれじゃ一塁にすぐ投げられんもん」

「そうやな。ゲッツーでは相手が放りやすいところへ投げてやることが大切やな。ショートゴロなら二塁ベースのすこし一塁側へ、セカンドゴロならすこしセンター側へ放ってやると、一塁への送球がしやすうなる。よう覚えとこうな」

言うは易く、行なうは難し。そうそう模範演技とはならなかったが、セオリーだけは指導できる。

交互にノックが続いた。だんだんと呼吸が合ってきたようだ。はじめ、成功は三回に一回くらいだったが、やがて二回に一回となり、そのうち失敗することの方が少なくなってきた。じつはノッカーのナツヒコがわざと二塁ベース寄りに打っていることに、ふたりは気づかない。

十五回もこなしたところで、

「休憩！　休憩！」

と田宮が大声をはりあげた。

田宮は二塁ベースのあたりでひざに手をつき、肩で息をした。

すぐそばで、木屋も同じ格好で荒い息を吐いている。

「なかなか、疲れるもんやのう」

田宮がつぶやいた。独り言のようにも、そうでないようにも思える。

「ああ」

と木屋は自然に相槌《あいづち》をうった。ふた月ぶりに交わす会話だ。

「お前さっき、木屋さんと同じこと言うとったぞ」

「ん？　なんやそれ」

「『キャッチボールでは相手が捕りやすいところへ放ってやろうと思うやろう？　それがスポーツマンシップたい』。木屋さんはそう言いよった」

「なるほど、そこか」

「やっぱり兄弟たい。血は争えん」

「なーに言いよるか」

木屋は荒い息のまま笑った。

すると田宮が顔をあげ、木屋の目を見据えた。

「……シゲオは俺が預かるぞ」

「ああ、頼んだ」

「この前は済まんかったな」

「よかとよ」

手打ちが済むと、木屋は無闇に照れくさくなった。

「なあ。それよりも、やっぱりうちのチームにゲッツーは無理やと思わんか」

「思う。アウトひとつで万々歳たい」

「やろう？　基礎が出来とらんもんな。まずは足腰を鍛えんことには何も始まらん、と大下さんも言いよった。ようし、お前らグランドば十周してこい！」

「げえっ」と少年たちは悲鳴をあげた。

「首脳陣にばっかり練習させよって。ほれ、よーいドン！」

少年たちは二列に並び、グランドを駆けだした。

木屋と田宮はクールダウンのキャッチボールを始めた。二塁ベースをはさんで、山なりのボールが虹をかけたように、二人のあいだを行き来する。

「そういえば今度な、ケン坊と東京見学に行くとよ」ぱしっ。

「ほう、そうか」ぱしっ。

「東京は大都会やぞ」ぱしっ。

「それはそうやろうな」ぱしっ。

「おなごも綺麗じゃ」ぱしっ。

「うらやましいのう」ぱしっ。

ふたりの呼吸《いき》が、小気味よいほどに合ってきた。

そしてふたりは、なつかしく思い出していた。ボールをやり取りすることで、いつしか自他の境が曖昧になってくる、あの感覚を。キャッチボールは男の盟約行為である。

だからだろう、木屋は深く考えもせずに、

「よかったら、お前も行くか」と田宮を誘った。

「おー、行くばい！」

田宮は目を輝かせ、全力投球で返してきた。ばしんッ！　木屋は「あ痛《いて》て……」とグローブを外して手を振った。速いというよりは、重い球だった。

「じつはいちど、行ってみたかったとよ。東京は初めてたい。靖国《やすくに》神社へ案内せんか」

「合点承知たい」

夕日を浴びたグランドには、ざっ、ざっ、と少年たちの足音が響いている。

「どうやら、仲直りしたみたいやな」

自分たちの隠れたファインプレーに、ナツヒコとシゲやんは満足気に頷きあった。

24

田宮は全身白ずくめで博多駅のホームに姿を現した。

手には花束。バッグには卸《おろ》したての白晒《さらし》と明太子が入っている。エナメルの靴は今朝方、少年に磨きを入れてもらった。

「お前、なんちゅう恰好《かっこう》してくるとや。これじゃ私はヤクザですと言いよるようなもんたい」

田宮は心外だった。子分も靴磨きの少年も「パリッとしとりますねえ」と褒めてくれたのだ。内心、自分でもそう思っている。

「だって俺はヤクザやもん。東京もんに舐《な》められる訳にはいかん」

「それに花束も明太子も向こうで買えばよかろうもん。なして博多から持っていく必要があるとや」

「これやから大学出は好かんのじゃ。こうして胸に抱えて持っていくけん、心がこもるっちゃないか。それよりか、お参りが済んだらジェットコースター乗ろうな。あれ、いちど乗ってみたかったったい」

ケン坊が嬉《うれ》しそうに頷いた。後楽園のジェットコースターは二年前の一九五五年にお目見えした。戦後十年、国民がレジャーを楽しむことができるようになった象徴として、さかんに喧伝《けんでん》されていた。

列車が動き出すと、田宮は自分でもふしぎなほど心が浮き立つのを覚えた。福岡を出るのはこれが二度目である。一度目はフィリピンだった。

思えば、博多にいるときは「親分」や「親方」の仮面を外すことはなかった。元来が陽性の男とはいえ、寝所を出たら七人の敵がいると思って生きてきた。それが今はどうだろう。汽車が広島を過ぎ、やがて岡山を越えていく。博多から遠ざかるほどに、心の武装が解除されていくのを感じる。物見遊山に、これほどまで人の心を蕩《とろ》かす効用があるとは、思いも寄らなかった。

ひと晩を汽車で過ごし、東京駅の手洗いで新品の晒《サラ》に巻き替えた。顔も洗い、駅からはタクシーで靖国神社に向かう。

祝日のことで、人出が多かった。露天もにぎやかだ。

田宮は無神論者ではあるが、

——ここに二百四十万の兵隊が祀《まつ》られておるのか。

と思うと、背中の龍がすっくと伸びた。他人事《ひとごと》ではない。自分がここに祀られてもおかしくなかったのだ。

本殿で手を合わせ、花束と明太子をお供えした。通りかかった神職とおぼしき人物に「あれは生ものですけん、早《はよ》う食べてつかあさい」と告げた。

露天のひとつでサイダーを買いもとめ、三人で道端に腰をおろした。

空が広い。木屋がその空を見上げて言った。

「やっぱりあれか。兵隊さんたちは靖国でまた逢おうと言うて別れたとか」

「言わんかったばい。そげな悠長な挨拶を交わす暇はなかった」

そう。あの頃は死ぬことばかり考えていたのに、死後の世界については何度想像しても漠然としていた。「よう判らんのは、ないからじゃ」というのが田宮の結論だった。以来、田宮は無神論者となった。

飲み終わったサイダーの瓶を戻し、境内をそぞろ歩いた。さまざまな売店が犇《ひしめ》きあっている。なかのひとつの土産屋で、ちいさな冊子が田宮の目にとまった。

「これ、なんや?」と木屋に訊ねた。

「ああ。特攻隊の遺書を集めたもんたい」

「ほう。そげなもんがあるとね」

田宮はぱらぱらと捲《めく》ってみた。難しい漢字が多い。

「ちいと読み上げてみてくれんか」

木屋は冊子を手に取り、任意のページを読み始めた。

「拝啓、父上母上におかれましてはお変わりありませんでしょうか」

で始まる文章だった。この北陸出身の二十二歳の若者は、先立つ不孝を両親に詫《わ》び、残された弟に人としての心構えを説き、死を目前にしたおのれの心が太平洋の青空よりも澄んでいることを切々と説いていた。型どおりの文章の行間に、万感の想《おも》いが溢《あふ》れている。

「私は万歳を唱えながら敵艦に飛びこみます。どうか哀しまないでください。私は、父上母上の子どもに生まれて幸せでした」

結びの一文を聴いて、田宮の脳裏にあの日々のことが甦《よみがえ》った。〝木屋さん〟の顔が浮かぶ。目の前が滲《にじ》んだ。これは俺の後悔が滲んどるんや、と思った。

——なしてあのとき木屋さんを突撃させた。この臆病もんめ！

普段はおしこめていた生涯最大の疵《きず》が、ぱっくりと開いた。いちど開かれた傷口は、閉じることがなかった。とうとう田宮は嗚咽《おえつ》をもらした。

そのとき、カランコロンと下駄の音を立てて、三人組の男が田宮のうしろを通り過ぎた。それらしい身なりの男たちだ。すれ違いざまに中の一人が「けっ、なに泣いてやがる。みっともねえ」と吐き棄てた。

田宮の行動は素早かった。涙をぬぐうのと、三人の戦闘力を目測するのと、ベルトを外すのが同時だった。

「おい」

田宮は声をかけた。いちばん先に振り向いた男の目を、ベルトの金具でバチッと潰す。ノッポの男には、下から突き上げるような頭突き。残る一人には左フック——と見せかけて股間に右ひざを入れた。

うずくまる三人に、すかさず二順目の蹴りをお見舞いする。田宮のエナメル靴が、よく選ばれた急所ばかりに食い込んだ。

「ふん、東京のチンピラは柔《ヤワ》なもんじゃな。おい、きさんら。報復《かえし》たかったら博多まで来て、田宮を出せと言え。逃げも隠れもせん。博多湾の魚も腹ァ空《す》かせとるけん、ちょうどよか。江戸前の雑魚どもをエサに呉《く》れちゃるわい」

ノッポの男が起き上がりかけたので、田宮は三発目をお見舞いした。ノッポは今度こそぐったりとのびた。

「さて、ジェットコースターに乗りに行こうかね」

木屋とケン坊は呆然《ぼうぜん》と頷いた。

25

あれが玄人の喧嘩《けんか》なんやのう――。

木屋はひとり湯船につかりながら、昼の光景を思い返した。先制、中押し、ダメ押しと、手の付けられないときの西鉄打線のようだ。

風呂場にほかの客はいなかった。ここは木屋が東京遠征のとき定宿にしている旅館で、後楽園球場に程近い。西日本方面の他社の記者たちも定宿としており、毎朝、各社の新聞がどっさり届く。

木屋は湯船で目をつむると、「ふふふ」と今度は笑みがこぼれてきた。喧嘩のあとは田宮が顔面蒼白《そうはく》となる番だった。田宮はジェットコースターの恐怖を紛らわすために、ずっと意味もなく

「うおー！」と叫んでいた。あの姿を子分どもに見せてやりたい。

――さて、明日はどうするかな。

木屋は湯船を出ると、石鹸《せっけん》をこすって泡を立てた。明日、川内に会う。

――まくか。田宮を。

それが両者にとって、いい気もする。よりを戻したノリで、つい田宮を誘ってしまったが、ふたりを引き合わせる必要はないのだ。

木屋はある一点で、田宮を摑《つか》みかねていた。

田宮にとってもっとも大切なことは「筋《スジ》を通す」ことであるらしい。

「筋を曲げるくらいなら今度こそ墓に入る」と言っていた。

「素人に舐められたまんまじゃ俺たちメシの食い上げたい」と凄《すご》んだこともある。

「兄貴分の命令は絶対なんじゃ」とも言っていた。

つまり田宮にとって、川内たちにケジメを取らせることは、筋を通すうえで間違いのないところなのだ。

しかし一方で、川内追跡をいったん水入りにしてくれたのは、自分への友情の証《あかし》と思えなくもない。果たして田宮にとって、どちらの天秤《てんびん》が重いのだろう。そこを見定めるまでは、この件についてこちらから触れない方がいい気がするのだが、さて――。

木屋は浴衣に着替え、部屋に戻った。もう布団が敷かれている。ケン坊はサイダーの瓶を半分残したまま、すでに布団の中で寝息を立てていた。

「まあ飲《や》りんしゃい」

田宮がコップにビールを注いでくれた。

「なかなか見事なベルト捌《さば》きやったのう」

と褒めると、田宮は「なあに」と相好を崩した。

「最近はふっかけてくる奴もおらんけん、鈍《にぶ》っとる。下駄を履いちょったら、それでバチコーンとかましても良かった。ヤクザの衣装は、武器にもなるとじゃ」

田宮の得意げな様子に微笑を誘われた。修学旅行生のようにはしゃぐ田宮。特攻隊員の遺書に涙する田宮。チンピラを叩きのめす田宮。ジェットコースターに絶叫する田宮。

木屋は田宮と一昼夜を共にしたことで、素朴な親しみを深めていた。しかし――だ。南洋のある部族は祭礼の晩、それまで親しくしていた白人を生贄《いけにえ》にして食ったという。結局のところ、棲《す》む世界が違えば、思考原理が異なるのだ。

いまとなっては、田宮が豹変《ひょうへん》して自分や川内や双葉を喰《く》いものにするとは思えなかった。だが、ヤクザと堅気の利害が衝突しているところで、「友情」などという蜉蝣《かげろう》のようなものに期待するのは甘い、とも思う。

「それにしても楽しかなァ、東京旅行は」

田宮が少年のような笑顔で言った。

木屋はその笑顔を見て、自分の甘さに賭けてみることにした。丁と出るか、半と出るかは、賭けてみなければわからない。そして「躊躇《ためら》いがあるときは、つねに相手の懐に飛び込む方を択《えら》べ」というのが、木屋が記者生活から得た教訓のひとつだった。

「じつはな田宮。明日のことなんやけど」

「逢うとやろ。川内らと」

「えっ」

「さっきケン坊にカマかけたら白状しよった」

「そうやったか」

木屋は隣ですやすや眠るケン坊をちらりと見た。

「べつに隠してたわけやないんやが……」

「隠しとったろうが」田宮が弱い笑みをうかべた。

「まあ……今の今まではな」

「ええんや別に。しょせん俺はヤクザたい」

「そういう訳じゃなかばってん……」

「なあ」

「うん?」

「俺と兄弟分にならんか」

「なんや藪《やぶ》から棒に」

「いや、ずっと思うとったとよ。そうすれば、あのふたりのことは俺が預かれる」

「預かれる? 預かれるとはどげな意味かい」

「俺はあのふたりを捕まえろと兄貴に言われとる。盃交わした兄貴の命令は絶対ばい。ばってん、俺とお前が盃交わせば、この一件は内輪の兄弟同士の揉《も》め事っちゅうことになろう？　そうしたら、俺が間に入って手打ちもできるというもんたい」

「つまり」

と言ってから、木屋はもういちど田宮の論理を反芻《はんすう》した。

「つまり俺がお前と兄弟分になれば、あのふたりを助けてくれるっちゅうことか？」

「手っ取り早く言えばな」

田宮が鼻白んだ。

木屋はその様子を見て、自分がいま田宮にとってたいせつな何かをすっ飛ばしてしまったらしいことに気がついた。つまり、あれだ。いま話題に上がっているのは、世間で言う「大義名分」とか「名目」というやつだろう。

——要するに田宮は、俺のことを想うてくれとったんや。

あのふたりを救ってやりたいという俺の願いを叶えるために、あらたな「筋」をつくりだそうという提案だったのだ。判ってみれば、単純明快な話である。

木屋は少し時間をかけて、この論理を頭に染み込ませていった。そして田宮が——つまりはヤクザが——堅気の自分たちよりも、よほど煩雑な「義と理」の世界に生きていることを悟った。

悟ると同時に、赤面した。この申し出の裏に、自分がこれまで受けたことのないような熱烈な求愛衝動が隠されていることに気がついたのだ。

田宮の行為は無償の行為である。どころか、田宮の生きる世界においては相当な負い目になるかもしれない。それを百も承知の上で申し出てくれたのだ。木屋はそんな申し出をしてくれた相手に、自分もそれに見合うお返しがしたいと思った。いや、それ以上の何かで報いたい。

それは遠い昔にどこかへ置き忘れてきた種類の感情だった。むやみに熱く、気恥ずかしく、そして懐かしい。いまや木屋は「友情とは魂の結びつきである」という言い古された言葉を、十全に理解した気持ちになった。真の友情とは、相手が自分に何をしてくれるかではない。自分が相手に何をしてやれるか、なのだ。

さすがにそんなことを思った自分に照れて、ぶっきらぼうな言葉が口をついて出た。

「ヤクザはしち面倒くさい理屈を言うとやな」

ようやく判ったか、というふうに田宮は眉を開いた。

「理屈やのうて筋たい」

「ところであれか。盃交わしたら、俺は毎月お前にミカジメ払わないけんごとなるとか」

「あほ言え。五分と五分たい。そいじゃ固めの儀式に入るぞ。乾杯」

ふたりはコップをちゃんと合わせた。

「よろしゅうな、兄弟」と田宮が言った。

ああ兄弟、と木屋は口の中でごにょごにょ言った。

翌朝、後楽園遊園地へやって来た川内と双葉は、田宮の風体を見て顔を強張《こわば》らせた。木屋は言外に強い意味を込めて言った。

「こちらは田宮さんじゃ。お前らの不始末の処理を約束してくれた」

川内がなおも疑惑のまなざしを送ってきた。その目が「淳さん、あんた丸め込まれたんと違うか」と言っている。双葉は胸の嬰児《えいじ》をぎゅっと抱きしめた。

田宮が言った。

「達磨屋を仕切っとるんは、中山っちゅう俺の兄貴分たい。姐《ねえ》さんも名前くらいは知っとろうが？」

双葉がかすかに頷いたように見えた。

「お互い、怨《うら》み辛みもあろう。ばってん、今日をもって手打ちとする。すべて水に流すんや。あんたらは無罪放免。あとは俺が預かる」

「あの、するともう追っ手は？」と川内が言った。

「来《こ》ん。もう終わったとじゃ」

「どういったことですか。有り難い申し出ではありますが……」

「腑に落ちんやろうな。俺は、あんたらには義理がなか。ばってん、木屋《こいつ》とは兄弟分なんよ。ケン坊も俺がとこのチームの選手たい。ふたりには情が湧く。義理もある。だから、あんたらを助けんと訳にはいかんのよ。それとも、まだ鬼ごっこの続きがしたかとかい？」

滅相もない、と川内は首を振った。

「あんたも家族を持ったんや。気張れや」

田宮はポケットから手を出して、川内と握り交わした。

「いや、こげなもの」

川内の手に、幾ばくかの紙幣が握らされていた。

「あんたにやるんじゃなか。嬰児《やや》にミルク代をやるとじゃ」

木屋は目で「貰《もろ》うとけ」と促した。

「さあ、これで手打ちの儀式は仕舞いたい。そっちは積もる話もあろう。俺は博多へ帰るばい。ばってんその前に――ケン坊、もういちどジェットコースターに乗らんか」

木屋はすかさず、「お前が乗りたかっちゃろ」と言った。

「乗りたい訳やない。ばってん、やられっぱなしじゃ気に喰わんけんな。さ、行こう」

ふたりがジェットコースターの列に並んでいるあいだに、木屋は経緯を話した。

「もとを正せば兄ちゃんがフィリピンで……」

川内はキツネに抓《つま》まれたような顔をしていたが、すべてを聴き終えると、

「そげなこともあるったいねぇ」と嘆息した。

すると突如、となりですすり泣く声がした。双葉だ。だしぬけに現れたヤクザの不可思議な申し出に、いまいち信頼が置けなかったのだろう。ところがその裏に隠された背景物語《バックストーリー》があることを知り、これなら安心、ようやく自由の身になれた、という実感が湧いてきたのだ。子を授かりながら、いつ連れ戻されるかわからないという不安は、如何許《いかばか》りであったろう。母性が泣いているのだ。

赤子は目を見開いて、母親の顔をまじまじと覗きこんだ。川内がしばらく背中をさすってやると、双葉はおちつきを取り戻した。ふたりは〝生活の基礎を固めたらケン坊をこちらで引き取る〟とあらためて約束した。

「それにしても、ほんとに男の子やったとやな。なんちゅう名ね」

「ボク、一郎《いちろう》といいます」

と双葉が言った。「お腹ばよう蹴るけん、うちは絶対男の子やと思うとったとです。あ、ケン坊たちが発車する」

「どれ。驚く顔ば見にいこうか」

川内と双葉がジェットコースターの方へ向かった。

木屋はふたりの背中を見送りつつ、宿から尻ポケットに挿してきた西九州新聞をとりだした。流し読みを始めてすぐ、息を呑んだ。そこにはこうあった。

「洲之内一家　組長　銃撃さる」

26

トンボ帰りした田宮が集めた情報は次のようなものだった。

その晩、洲之内は赤波や中山と寿司屋《すしや》で食事をしたあと、

「お前らはもうよか」

と一人で帰途についた。

日頃から護衛をつけることを嫌う洲之内の性格が裏目に出た。

中洲の街はずれの路上で二人組に撃たれたのだという。計四発。一発が脊髄《せきずい》の近くを掠《かす》めて貫通した。あと一ミリでもずれていたら落命しただろう、と医師は言った。

意識不明の重態。洲之内が運び込まれたのは、奇《く》しくも末期がんに臥《ふ》せる博一会の二代目とおなじ病院だった。

洲之内一家は戦闘態勢に入った。陣頭指揮をとる赤波以下、中山も田宮も敵の確定のために奔走した。だが奇妙なことに、敵の姿はなかなか見えてこなかった。警察も何も摑んでいない様子だ。

連日のように幹部会議が開かれた。

「若頭んとこにブチ込んだ奴と同じやないですか」

田宮は自然とこのふたつを結びつけた。

「判らん」

と赤波は言った。あのとき洲之内は「大方、目星はついとるやろう」と言っていたはずだ。田宮はもういちど訊ねてみたが、やはり赤波は「判らん」の一点張りだった。

博一会のほかの直参から、陣中見舞いの品が次々と届いた。しかし敵の姿が見えぬ以上、本家としては静観の構えだった。さっさと報復しなければ物笑いの種となる。博多だけではない。福岡や九州一円のヤクザから侮られるだろう。報復はヤクザの存在証明である。

中山から「われは東京に遊びに行っとったんか」と言われたときは、さすがに田宮も頭に血が昇った。その血が滾《たぎ》ったまま、体中を駆け巡る。田宮は復讐《ふくしゅう》の鬼と化した。血を、欲した。

師走が深まる頃になっても、洲之内の意識は戻らなかった。

年の瀬に訃報が流れた。博一会二代目逝去——。

みそかの晩に、あわただしく通夜が営まれた。

年が明けて一九五八年。

本家への年賀参りには赤波が出向いた。赤波は帰ってきて告げた。

「北影の親分が、三代目代行に決まったぞ。うちの親父の回復を待って、正式に三代目ば襲名する」

「ばってん親分は、北影を三代目には推さんと言うとりました。若頭も聴いておったでしょう」

田宮の発言に、中山がせせら嘲笑《わらい》をうかべた。

「親ァ撃たれて報復《かえし》もでけん俺らが、のこのこ本家まで出向いて言うとか？『うちの親分は三代目を認めんと言うとりました』と。よう考えてもの言わんかい」

「それとこれとは話が別やないですか」

「楯突《たてつ》くとか！」

中山は目の前にあったガラスの灰皿で田宮の頭を殴った。額が割れて、血が噴き出した。

「きさんは女郎のケツでも追いかけとれ。まだ捕まらんとか。ええ？」

「……すんません」

「女郎ひとり捕まえられんくせに、偉そうな口叩くなや」

中山の兄貴も不甲斐《ふがい》ないのだ。苛立《いらだ》ってるのだ。面目ないのだ。そう思うことで、田宮は額の痛みをやり過ごした。三兄弟がここで反目しあっては、敵の思うツボだ。

眉ひとつ動かさず考え事をしていた赤波が、ようやく口を開いた。

「とにかく早う敵を見つけることじゃ。本家のことは、親父の回復を待つより仕方なかろう。本家《あっち》がそれまで待ってくれれば、の話やけどな……」

27

木屋はシーズンオフを待って見合いをした。入社したとき「君が木屋一弘君の弟か」と手を取ってくれた重役が世話してくれたものだ。

重役夫妻の立ち会いのもと、天神の料理屋の一室で両家の初顔合わせがあった。西鉄ライオンズのキャンプインが間近に迫った、寒い日のことだった。

はじめこそ堅苦しい挨拶を交わしたものの、酒が入ると男たちは膝をくずし、野球談義を始めた。向こうの父親は商業高校の野球部の部長をしていて、重役とは古い付き合いらしい。木屋の父も今では西鉄狂である。

初老の男たちはほとんど主役そっちのけで、稲尾の投球術や中西のリストの強さについて口角泡を飛ばした。野球通を自任する博多の男たちは、酔って西鉄の話を始めると半刻は止まらない。木屋もゴシップをいくつか披露して、あるいは将来の義父になるかもしれない人物の歓心を買うにつとめた。

「ありゃ、もうこんな時間か」

柱時計を見上げて重役が言った。「それじゃ今日はこれくらいにして……」

すると、すっかり出来上がった向こうの父親が膝を正した。

「淳二さん」

「はい」

「天下の西鉄の番記者さんを婿殿に迎えられたら、わしも鼻が高か。あんたさえ気に入ってくれたら、直子《なおこ》は明日にでも輿入《こしい》れさせます。よろしくお頼み申しあげます」

「きょう顔を合わせたばっかりやのに」

彼の妻が勇み足をたしなめた。

「回数の問題じゃなか。心意気の問題たい」

「うん、それなら話が早か」

と重役が言った。「西鉄の天下は当分続くやろうし、木屋《こいつ》もそろそろ記者として脂が乗ってくる時期ですたい。はよう身を固めんか、とヤキモキしておったとです。ねえ、木屋さん」

「ええ、それはもう」と木屋の父が言った。

「ほれ、お前もなんとか言え」と重役が言った。

「いや、そのう」

木屋は、その日ほとんど沈黙していた直子をちらりと見た。目が合ったとたん、直子はうつむいて頬を染めた。

「直子さんのお気持ちもありますけん……」

直子の長いまつ毛が、首を振るリスのようにぱちくりと動いた。娘らしい鋭敏な心の動きと、清雅さが感じられ、木屋は好感を持った。直子は花嫁学校を出て、現在はデパートに勤めているという。六つほど年下だった。

「こりゃ黄金バッテリー誕生とみた。さっきから、ちらちら目ぇ合わせとるもん。好いとうよ、ていうて」

重役の言葉に、主役のふたりは真っ赤になった。

「さあさあ、お開きにしましょう。あんまり若いふたりをいじめちゃかわいそうよ」

と木屋の母が助け舟を出した。

木屋は翌日、キャンプ地へ飛ぶ前に実家に立ち寄った。

「あんた、どげんすると」と母が言った。

「進めといて。重役さんには僕から言うとくけん」

「いいとね」

母はことさら念を押した。木屋があっさり「長男の嫁」を決めてしまったことが、どことなく物足りないらしい。

「先方さえ良ければ、の話やけどね。それじゃ行ってくる」

木屋はつとめてさり気ないふうを装って言った。だが「これで直子が俺の嫁さんになるとじゃ」と思うと、彼女のエクボが頭にまとわりついて離れなくなった。キャンプ地へ向かうあいだも、数分ごとに直子のエクボが思い浮かぶ。そのたびに、自分が少しずつ直子に魅《ひ》かれていくのが判った。

ところがキャンプ地に着くと、浮かれた気分がすこし冷めた。西鉄キャンプは二年連続で日本一になったチームの貫禄《かんろく》に溢《あふ》れていた――と言えば聞こえはいいが、どことなく手応えがない。

「うちの現有戦力はズバ抜けている」

という三原監督の言葉もあって、目立った補強がなかったことも一因かもしれない。でも、それだけではなかった。油断とは言うまい。慢心とも言うまい。だが、野武士軍団の襟元がかすかに弛《ゆる》んでいるのを木屋は感じた。なんとなく、昨年までの張り詰めた空気が足りない気がする。

それでも三月のオープン戦では巨人に勝ち越し、またもや次の日本シリーズでの勝利を予感させた。

平和台球場も新装あいなった。ナイター設備が完備し、内野席は二階建てになった。ユニフォームも一新し、胸には「FUKUOKA」の文字が躍る。いまや西鉄は押しも押されぬ博多福岡の象徴であった。

木屋はキャンプとオープン戦のしめくくりに、三原監督へ談話を申し込んだ。

「主力に怪我《けが》がなければ、うちの三連覇は揺るがないだろう。ただ、大下《ポン》ちゃんの左脚の具合だけが気掛かりだ……」

木屋はグランドの片隅で黙々と汗を流す大下を視野におさめた。「なあに。まだまだやれる」という気持ちと、「あるいは今年あたりが……」という気持ちが、満潮と干潮のように去来した。大下は今年三十六歳になる。大ベテランもいいところだ。

「今年のライトのポジションは、大下と四年目の玉造《たまつくり》を併用することになるだろう」

と三原監督は唯一の懸念材料に対する準備を口にした。

木屋は博多へ戻った。田宮とはしばらく顔を合わせていなかった。新聞記者が「抗争中」にある組事務所を訪れるのは憚《はばか》られる。田宮からも何も言ってこない。

木屋は「何かしら田宮の足しになれば」と、同僚の県警回りの記者にそれとなく状況を訊ねてみた。しかし「動きは見られない」とのことだった。

夜の中洲でも、その筋に詳しい古株のバーテンダーや女将《おかみ》たちが、

「洲之内の親分さんが、ねえ……」と噂《うわさ》していた。

しかし噂は噂の域を出なかった。洲之内一家の者たちが、いまだ血眼で捜索をつづけていることだけは確かなようだ。

直子の家からは色良い返事が届いていた。

こうして木屋は、おのれの縁組、西鉄の三連覇、洲之内一家の行く末に、七分の期待と三分の不安を抱きながら、一九五八年のシーズンを迎えたのだった。

28

洲之内は数ヶ月というもの、死線を彷徨《さまよ》った。

時おり間欠泉がふきあげるように目を開けたが、すぐに閉じた。

医師は感服した。

「さすが親分ですたい。こげな人、見たことなか」

だがこれを裏返せば、

「お手上げですたい。あとは患者の気力次第」

と言っているようにも聞こえた。

田宮組は疲弊の極みにあった。姿の見えぬ敵を三ヶ月のあいだ追いかけまわし、なんの成果も上げられないのだ。矢尽き、糧食は乏しく、同業者からどう見られているかを思うと、

「こりゃあフィリピンより始末が悪か」

と田宮は思わずにいられなかった。あのときは敵が明確だった。敵がいれば、突撃することができる。死ぬこともできる。それができれば、名を汚すことはない。

桜のつぼみがふくらみかけた頃、北影が本家の三代目を襲名することになった。

赤波と中山が本家に呼ばれた。

「洲之内の引退、一部縄張りの見直し、八百長野球の仕込み」

この三つを承諾させられたという。洲之内一家は赤波が継ぎ、三代目博一会の若頭補佐に就く。田宮は言葉を喪《うしな》った。覚悟はしていたが、ここまで洲之内一家の弱体化を天下に晒《さら》されるとは思ってもみなかった。

しかし、北影の襲名に異を唱えることはできなかった。いつまでも恢復《かいふく》しない洲之内のために、博一会の総長の座を「代行」にしておくことはできない。

それは洲之内一家も同じだ。本家の代替わりに際して、洲之内一家のトップの座を代行のままにはしておけない。

「盃直しの儀式は、来月たい」

赤波が言った。北影と赤波が新たに盃を交わす。その前に、赤波と田宮も盃を直す。こんどは組長と子分としてだ。

中山が言った。

「田宮、きさんはなんとしてでもあの川内っちゅう男を捕まえてこい。本格的に西鉄へ仕込みば始めるぞ」

「ばってん、敵方探索のために兵隊ば割いちょりますけん、そっちを優先させせんことには――」

「いっぺんにやれ！　これで洲之内一家は振り出しに戻ったとばい。本家に土産ば持っていかんと、根こそぎガッタガタにされるぞ。北影親分は信賞必罰の人たい」

「兄貴！」

田宮は前のめりになって頭を下げた。

「どうか堪《こら》えてつかあさい。せめて野球の件だけは、親分が目ぇ醒《さ》ましてからにしてくださらんか。親分は八百長の仕込みに反対しとりました。あのときは北影の親分も判ってくれたやないですか。だけん――」

「田宮よ」

頭上で中山の声がした。「お前の気持ちは判らんでもない。ばってん、親分は引退したんや。盃を直すっちゅうんは、そういうことたい」

思いがけず、諭すような口調だった。

「本家に縄張《しま》ァ盗《と》られる。親分はベッドの上で引退《ひか》される。これ以上、俺らの子分にみじめな思いをさせる訳にはいかんやろう？　それに、ここまで目の敵にされるのは、親分が北影に楯突き過ぎたからでもある。それはお前も判っとろう？」

田宮は頭を上げ、赤波をうかがった。いつものお地蔵さんだ。この場合、中山の発言を是認していると受け取っていいだろう。すこし肩透かしを喰らった気がした。赤波なら、洲之内に責任をなすりつける中山を叱責してくれると思ったのだ。

中山が意気揚々と続けた。

「だから、うちの組はまず親分の仇《かたき》ばとる。そして川内をひっ捕らえて本家に連れて行く。誠意ばみせるとじゃ。話はそこからたい。どうせ八百長の仕込みなんて時間が掛かる。それにお前は勘違いしとるようやけど、西鉄を毎度毎度負けさす訳やなか。〝一回表に稲尾が一点取られるかどうか〟っちゅう賭け方もあるったい。稲尾にわざと一点取らせて、そのあと西鉄が打ち返して勝てばよか。それでも仕事は成立するったい」

「はあ……」

田宮は気のない返事を返した。

「とにかく西鉄の主力に食い込むんや。飯をいっしょに食える仲になるだけでも、えらい違いたい。たとえば客《カモ》と稲尾と俺らで飯ば食う。そのあと客にこっそり耳打ちするったい。『稲尾は明日の試合で初回二点取られると言いよります』。客は信頼するやろう。欲かいて大金賭ける。稲尾は知らぬ存ぜぬたい。零点に抑えるやろう。ぼろ儲けや。こうして客を一人ずつ殺していく。客はなんぼでもおる。とにかく、本家に俺らが働いてるところを見せるとよ。ここまで虚仮《こけ》にされて、悔しゅうなかか」

田宮は「へい」と小さく答えた。おざなりの賛成とも、不服の表明とも、どちらにも取れた。中山にもその響きは伝わったらしい。

「手ぇ抜くなや。遅くとも今年中には川内を連れてこい。そやないと、また指ば落としてもらう。判っとうとか、こら」

29

一九五八年のペナントレースは、野上記者の高笑いと共に始まった。

「どうでっか木屋ちゃん。うちのエース、なかなかのもんでっしゃろ」

この年南海に入団した杉浦忠《すぎうらただし》の球に、パ・リーグの打者のバットは面白いように空を切った。たまに当ててもバットをへし折られる。独特の〝手首を立てたアンダースロー〟から投じられるストレートは明らかにホップした。投じた瞬間は暴投かと見えるカーブは、ストライクゾーンを横切り、空振りした左打者の腹に食い込んだ。これをリードするのは名捕手の野村克也である。

「ノムが言っとったで。杉浦《スギ》とバッテリーを組むと退屈でならん。好きなように放らせたら誰《だ》ぁれも打てんてな」

「うちにも、稲尾がおりますけん」と木屋は言った。

「へへへ。あれ、ヒジを痛めてるんちゃう?」

あいかわらずの慧眼《けいがん》に木屋は息を呑んだ。その通りだった。二年連続の酷使が祟《たた》って、稲尾はヒジを庇《かば》いながら騙《だま》し騙しの投球が続いていた。

稲尾だけではない。開幕戦でデッドボールを受けた一番の高倉は大不振に陥り、二番豊田は坐骨神経痛、三番中西が手首痛、そして四番大下が……ああ、左膝関節内靱帯《じんたい》亀裂！　登録抹消された大下は、別府の温泉治療院への入院が決まっていた。

主力とエースの相次ぐ故障。宿命のライバルチームに突如現れたスーパールーキー。みるみる開いていくゲーム差。

博多っ子は、熱しやすく冷めやすい。新装なった平和台には、野次と罵声だけが飛び交った。観客動員数も激減。西鉄本社からは「どうなっとるんだ！」と叱責が飛んできた。三原監督が青筋を立てない日はなかった。ちょうど石炭景気にも翳《かげ》りが見え始めた頃で、西鉄ベンチと博多の街には重苦しい空気がたちこめた。


木屋は約束の時間に十五分遅れて到着した。

「遅れてすいません。負けた日は、どうしても記事を書くのに時間がかかるもんですけん」

「あら、今日も負けたんですか。また父の機嫌が悪くなるわ。はい。淳さんはお砂糖ふたつね」

「ありがとう。……最近は平和台もガラガラですたい。ちょっと弱くなるとこれですけんね。まったく」

「あらそう？　でも男の人は寄るとさわると西鉄の話ばっかりですわ」

直子が笑った。直子は笑うとき、口元を押さえるときと、押さえ忘れるときがあった。木屋は直子のエクボが好きだったので、押さえ忘れたときはちょっと得した気分になる。直子は、よく笑う。

婚約してから二人で逢うようになった。デーゲームの日は、木屋が記事を書き終えてから、こうして直子の勤める百貨店の裏にある喫茶店で待ち合わせる。挙式は、次のシーズンオフと決まった。西鉄ライオンズのお偉方や選手たちにも出席してもらうためだ。直子は、あと数ヶ月で寿退職する予定だった。

「これでよろしかったかしら。あぶちゃんと、ガーゼのタオルにしましたの」

直子が勤め先の包装紙にくるまれた品をとりだした。川内へのお返しだった。「結婚が決まった」と川内に報せたら、祝い金を送ってきたのだ。

「直子さんの見立てなら間違いなか。ありがとう。さて、と。食事に行きませんか。おうちのほうは大丈夫でしょうか」

「ええ。今日は淳さんと逢うから、外で食べるかもしれないと伝えてあります」

「ウナギはどうですか。ちょっと歩いたところに、旨か店があります」

「わたしは淳さんと一緒なら、何でもおいしく頂けますわ」

ふたりは天神を並んで歩いた。直子がそっと腕を添えてきた。腕を組むようになったのは前回からだ。木屋は直子の腕の感触に神経を集中した。婚約期間というものが、これほどまで心弾むものだとは知らなかった。いっそのこと、ずっと婚約のままでいいと思ったほどだ。

「その東京の川内さんという方は、どんな方ですの」

「西鉄の二軍選手やったんですけど、クビになりまして」

「まあ」

「奴が球児の頃から知っとうとです。それがいろいろあって……。向こうで所帯もって、板前になったとです」

「淳さんは記者だけあって、お顔が広いんですね。わたし、東京に知り合いなんておりませんもの」

そう。この将来の旦那様は顔が広い。その傍証はすぐに現れた。前方から、田宮が嶮《けわ》しい顔をして歩いてきたのだ。

田宮は木屋の姿を認めると顔を輝かせ、

「兄弟！　ひっさしぶりやのう。どうしよった？」

木屋も満面の笑みで、

「見てのとおりや。お前は？」

「往生しとうったい。敵の正体が、いっかな知れんでのう……。そういえば、このあいだは済まんかったな。ほれ、警察《サツ》回りの記者に訊いてもらって」

「よかよか。力になれんで済まんかった」

「なあに。どげなこととしてでも見つけ出して、博多湾に沈めちゃるけんな」

木屋は直子をちらりと見た。戸惑いながらも、精いっぱいの笑みをうかべている。

「しっかし兄弟も隅に置けんのう。こげな別嬪《べっぴん》さんと腕ば組んで歩いてからに」

「フィアンセなんよ」

「なんやと⁉」

「婚約したと」

「嫁ば貰うとか！　なして早《はよ》う知らせん！　めでたいのう。めでたい、めでたい。これで木屋家も安泰じゃ。木屋さんも一安心するやろう。奥さんや」

「は、はい」

「こいつのことばお頼み申します。ちいと抜けたところがありますが、よか男ですけん。あ、申し遅れましたが、わし田宮というもんです。木屋さんとは兄弟付き合いばさせてもらいよります」

「そうでしたか。わたしは松永《まつなが》直子と申します。よろしくお願い致します」

「ところで兄弟。川内は何しよる」

「元気にしとうよ。ほれ、赤ん坊にガーゼば贈るとたい」

木屋は紙袋を掲げて見せた。

「そうか……」

「何かあったと？」

「いや、なんでもなか。こんど俺にもお祝いばさせてくれ」

「気ぃ遣うなや」

「そっちこそ遣うなや。兄弟やもん、当然やろう。それじゃ奥さん、元気な嬰児《やや》産んでください」

頬を染めた直子は、田宮の背中が見えなくなると「面白い人ね」と言った。田宮の素性に気づいたか。気づいただろう。

木屋はウナギ屋に入ると冷酒を二合頼み、焼きあがるまでのあいだ、物語を聞かせた。兄と田宮と川内の因縁を、すっかり話して聞かせたのだ。

直子のことを信頼していた。すこしだけハイカラなところのある家庭に育った娘だが、根は博多の女だ。理と情の勘所をよくわきまえている。そして、いつでも濃《こま》やかな情を優先させることを忘れない。

「そういう訳で、あいつとは兄弟分っちゅうことになっとります。ほかのヤクザのことはよう知らんけど、僕はあいつを信頼しとる。料簡《りょうけん》のたしかな男やと思うとります。もちろん『しょせんヤクザはヤクザや。気ぃ許すな』と言うてくる人もおるけど……」

木屋は語尾を弱めて、直子に会話のバトンを渡した。

直子はお酌しながら、

「素敵ね」

と言った。澄んだ声だった。

「男同士やもんね。淳さんがそう見込んだのなら、間違いなかと思います。田宮さんも式には呼ぶんでしょう?」

「いいかな、呼んでも」

「もちろんよ。自分の兄弟を結婚式に呼ばない人がどこにいますか」

焼きあがったウナギが運ばれてきた。フタをあけた直子が、

「わあ。香ばしかぁ」

とエクボをつくった。

木屋はおいしそうに頰張る直子を見つめて「おれの嫁さんは博多一たい」と思った。そして結婚式にやって来た田宮が顔をくしゃくしゃにして「兄弟、おめでとう」とお酌する姿を想像し、心浮き立つのをおぼえた。

30

敵の尻尾を摑《つか》んだのは、田宮の子分だった。

「俺の小さい頃からの不良仲間が、小倉《こくら》のクラブで見かけたそうです。『俺が洲之内を弾《はじ》いた』と吹きよる男を」

田宮はすぐに、二人組三チームを小倉に飛ばした。

二日後には、男の素性が割れた。

「筑禮《ちくれい》会いう組の三下ですわ」

はて、筑禮会……？　田宮は首を傾げた。聞いたことのない名前だ。

「銀さんは、知っとりますか」

「知らんな。ちぃと電話借りるで」

出目銀は三軒のダイヤルを回した。その日のサイの目をすべて諳《そら》んじているというだけあって、頭の中に電話帳があるらしい。

「やあ兄弟。じつは訊きたいことがあるんや。小倉に筑禮会いう組があるの知らん？」

出目銀は受話器を置いた。

「みんな知らんらしい。じきに折り返しがくる。しかし福岡のあんたらも知らんような組が、なんで洲之内の兄弟を弾くんやろ」

田宮の疑問もそこにあった。

親睦関係にない福岡の組織とは、潜在的な敵対関係にあると言えなくもない。しかし明確な抗争理由が見当たらないのだ。ましてや洲之内は九州博徒の鑑《かがみ》とまで言われた人物で、シノギも穏やかな部類に入る。

田宮はいくつかの可能性が頭を掠《かす》めたが、すぐに打ち消した。憶断は、現実をクリアに視《み》る目を曇らせる。田宮は戦争の基本に立ち返ることにした。

――確かめるんや。自分の眼《め》で。

田宮はその日のうちに、ナツヒコにクルマを運転させて小倉に入った。

目立たぬように注意しつつ、市内でいちばん大きなホテルの一室を諜報本部とした。そこに詰める田宮のもとへ、張っている子分たちが次々と訪れた。

「トップは大隅《おおすみ》っちゅう人間です」

「総勢十人にも満たたん組らしかです」

「大隅は見たこともない外車ば転がしよります」

「盆をひとつだけ持っとります」

「ここ三年くらいで根を張った、一本独鈷《いっぽんどっこ》の組らしかです」

情報が集まるほどに、田宮の混迷が深まった。

——小倉で、一本独鈷の新興勢力が、羽振りよかやと？　なぜ抗争が起こらん。なぜそこがうちの親分ば弾く？

どうしても「筑禮会」のあり方が、田宮の知る福岡ヤクザのあり方と合致しないのだ。知れば知るほど、水を張ったタライに絵の具を一滴垂らしたように、敵の輪郭がぼやけてくる。

筑禮会の盆が立つ晩、田宮は自ら張りこみに出た。開催場所となる料理屋から通りを隔てたところに、クルマを停めた。夕宵にさしかかると、客の出入りが始まった。見たところ地場の旦那衆ばかりで、なんの変哲もない盆の風景だ。

日が暮れて、灯がともされた。田宮は腹の虫が騒ぎ、アンパンをかじった。牛乳瓶の最後の一口を飲み干そうとしたところで、

「親分。あれが大隅のクルマです」とナツヒコが言った。

田宮は双眼鏡を手に取った。

「えらい豪勢なクルマやのう」

大親分クラスでもおささおさ手の出せぬ輸入車と見える。

大隅の子分が助手席からおりて、後部座席のドアをあけた。

——あれが大隅か……。

暗くてよく見えぬが、まずは中肉中背の男だ。続いて奥から降りてくる男がいた。

――あれは……。

どこか見覚えのある体格と動作だった。

――達やないか……?

そう思って注視すると、いかにもシッピンの達のように見えてくる。クルマを降りたふたりは、親しげに言葉を交わしていた。

「クルマを出せ! 早《はよ》う!」

ナツヒコがあわててエンジンを入れた。

「気づかれんように、ゆっくり横切るんやぞ」

クルマが店前を通り過ぎたとき、ふたりは玄関先で靴を脱いでいた。電燈《でんとう》のしたで、顔がはっきりと見えた。まちがいなくシッピンの達だ。

田宮は子分を張りこみに残し、ホテルに戻った。そこへ出目銀から電話が入った。

「大隅いうんは、大阪の葛城一家の出身やで。ただ、今は盃返しとるらしい。葛城一家いうたらたしか――」

「達んとこですわ」

「大阪で食い詰めたか、あるいは大阪方の尖兵か……」

「ええ。今晩ちぃと絵ばなぞってみます。ところでその大隅ですが、評判はどげんですか」

「大阪では覚醒剤《ポン》流して、えらい威勢が良かったらしいで。それがいつの間にか福岡になぁ。これはなんかあるで」

31

後半戦に入っても、西鉄ライオンズのエンジンは掛からなかった。それどころか七月後半の南海戦で三タテを喰らい、ゲーム差は十一に広がった。

入退院をくりかえす大下は、ベンチを温める日が続いた。木屋は試合後の通路で、汚れのないユニフォームに身をつつんだ大下を目にするたび、どう声を掛けたらいいものか悩んだ。

代打出場しても、速球に詰まらされるシーンが目立った。たまりかねた大下は、入団後初めて三原監督にアドバイスを求めた。

「手を見せてごらん」と三原は言った。

差し出された大下の手は、マメだらけだった。

――嗚呼《ああ》、天才も歳《とし》をとる！

三原は「大下こそプロ野球史上最高の打撃人である」と断じていた。川上哲治や中西太も敵わない。将来、記録の上では大下を超える選手も出てこよう。だがその天才性において、大下の上をいく選手は出てこまい。これが三原の大下評であった。その天才が、これだけバットを振っても速球に詰まらされている……。三原は言葉を喪《うしな》った。

だが三原本人の尻にも、火がついていた。優勝の目が消えたと思われるいま、西鉄本社にくすぶっていた「アンチ三原勢力」の声が大きくなってきたのだ。木屋もそれには気がついていた。

——厳しかね。これが勝負の世界か……。

二年連続して巨人軍を破った西鉄ライオンズは、今や九州の至宝だった。とくに福岡財界の声は、無視できない影響力があった。

福岡を物心両面で支える三種の神器は、石炭、製鉄、西鉄ライオンズである。ところがエネルギー革命により、石炭が石油に取って代わられる日は近い。すなわち、炭鉱景気の衰退はもはや明らかだ。

それに西鉄ライオンズの凋落《ちょうらく》が加われば、福岡は三つの宝のうち、二つを喪うことになる。その焦りが「三原は何しよる！」「解任たい！」という叫びとなって西鉄本社に届いた。その声が、木屋のような番記者にまで降りてくる。

当然、三原本人の耳にも入っていた。

ある日、三原がぽつんと呟《つぶや》いた。

「よそ者は出てけってことかな」

この名将は、ふたりきりになると本音を漏らすことがある。そのことは、木屋も長年の付き合いから判《わか》っていた。

三顧の礼を以《も》って迎えられた三原の自嘲は、木屋の腹に応《こた》えた。博多っ子を代表して謝りたい気持ちになった。なんのかんの言っても、西鉄ライオンズをここまで強いチームに育てたのは三原なのだ。この人が一世一代のマジックを用いて、博多の街に勝利の美酒をもたらしてくれたのだ。

「監督らしゅうなかですね」

と木屋は言った。「さすがに今季は白旗ですか？」

すると三原の目に闘志が漲《みなぎ》った。

「まだだ。ナイターができたから、今年はうちの投手のへばり具合が違う。夏場に涼しい夜投げられるのはでかいぞ。それに杉浦もそろそろ疲れが出てくる頃だろう。ルーキーは一年を通して投げたことがないからな。投打共に、これからうちが有利になってくる時期だ」

木屋は三原の読みの深さにあらためて舌を巻いた。同時に、「これで明日の見出しができた」と手を打った。ライオンズ熱はそのまま新聞の販売部数に直結する。後半戦が始まったばかりで、この火を絶やすわけにはいかない。三原には、マスコミ操縦や観客動員数を気にする一面があった。雑談をよそおって、見出しや記事になりそうなネタをくれるのだ。その方面でも巧みな監督だった。

「でもね、木屋ちゃん」

三原は再びしんみりした口調になった。

「これだけは言っておく。西鉄ライオンズの功労者は、なんといっても大下《ポン》ちゃんだよ。数字の上では中西《フトシ》や稲尾のほうが貢献度は上かもしれん。だけど博多の街をまきこんでうちのチームを盛り上げてくれたのは、大下だ。大下には華があるんだよ。これだけはいくら練習しても身につかない。持って生まれた才能なんだ。プロは華。華だよ」

そこには総括の気配があった。監督に就任して八年。三原は今季のペナントに執着しつつも、ある種の終息を感じているようだ。「この人は先が見えすぎるのかもしれんな」と木屋は思った。

「そういえば結婚するんだってね。おめでとう」

「はあ。ありがとうございます」

「式の日取りは、日本シリーズのあとにしとけよ」

知将がニヤリとした。

「もちろんです」と番記者は応じた。

このやりとりは、あながち空想的ともいえなかった。三原の予言どおり、八月に入ると西鉄ライオンズの快進撃が始まったのである。

32

田宮と子分たちは、大隅の顔が夢に出るほどくっきりと脳裏に焼きつけてから、博多に舞い戻った。

戻ると、すぐに襲撃計画を練った。筑禮会を一網打尽にするつもりだった。敵は十人内外。田宮組もちょうど同じくらいだ。継続している諜報《ちょうほう》活動により、おおむね大隅らの行動パターンが見えてきた。

絶対にとり逃せない大隅は、警護の手薄な愛人宅で狙う。

麻雀《マージャン》好きの幹部は、入り浸っている雀荘で弾く。

若い組員がよく出入りしているキャバレーも襲撃必須ポイントだ。

残りはまとめて奴らの事務所で殲滅《せんめつ》する。

――最低四箇所か。あと五人はヒットマンが要るな。

田宮はここまで計画を練ったうえで、はじめて赤波に報告した。

「そこまで詰めよったか」

赤波がめずらしく愁眉を開いた。

「それにしても筑禮会とは、聞かんのう……。少し預からせてもらうぞ。十五人もおれば、やれるんやな」

「へい」

「よし。やるときは、わしと中山のとこからも十人ずつ出す。それまで待っとれ」

田宮は赤波の事務所を辞した。

――今度はこっちが全滅させる番たい。フィリピンで俺らを取り囲んでおったアメ公どものようにな。

そう思うと、尻のあたりがもぞもぞしてきた。血が行き場を失って、騒いでいるのだ。

田宮はその足で病院を訪れた。

「親分、おつかれさまです」とシゲやんが言った。

「変わりなかか」

「へい。寝てらっしゃいます」

病室には、田宮の若い衆がつねに三人ずつ詰めていた。警護と、床ずれ防止の寝返りを打たせるためだ。

洲之内は意識こそ取り戻していたが、絶対安静のままだった。

田宮は洲之内の寝顔に挨拶してから、

「銀さん。ちょっとよかですか」

と誘い出した。この老人は、どういうわけか病室が気に入り、簡易ベッドを運び込ませて最近の塒《ねぐら》としている。

「この歳《とし》になると、質素な病院食が口にあうねん。兄弟はぜんぜん食わへんからな」

「そうですか。じつはいま、赤波の親分に伝えてきたところです」

「それで？」

「いったん預けとります。いざとなれば三十人で小倉へ攻め込みます」

「そら大戦争やな。でもいっぺんに殺《と》ってもうたら、なんで兄弟を弾いたか判らへんやんか」

「ひっ捕らえて吐かせます」

「三下は事情知らんかもしれんで」

「大隅でもよかです」

「吐いた瞬間殺られんの判ってて、吐くかねえ。あれかてバックに大阪がおるかもしれん。舌噛《か》み切るで」

「大阪には盃返したとじゃ?」

「判るかい。よう使う手や、ニセ返しは。とくに他国侵攻のときは目晦《めくら》ましになる」

「ふうむ……。とにかく赤波の親分の号令が出次第、飛びますけん。そんときは洲之内の親分のことば、どうぞお頼み申します」

「ああ、任せとき。ところで、お前さんもそろそろ〝洲之内の叔父貴《おじき》〟いう呼び方に慣らしたほうがええんちゃうか」

「なかなかそうもいかんとです。ずっと親分やった人ですけんね……」

田宮は病室にもどり、もういちど洲之内の顔を拝んだ。呼吸マスクが痛々しい。洲之内はまだおのれの引退を知らされていなかった。体力が恢復《かいふく》し、完全な思考能力を取り戻してから伝えようと、赤波とは示しあわせてあった。

病院からの帰り道で家具屋の前を通りかかると、木屋と直子の顔が思い浮かんだ。

——あいつらに簞笥《たんす》でも贈ってやらんといけんな。

すると川内と双葉の顔が目に浮かび、なぜか二人にも贈り物がしてやりたくなった。次に浮かんだのは、中山の顔だった。

——ふん、八百長野球か……。

田宮は首を振った。今は洲之内の恢復を待ちつつ、筑禮会の殲滅に全身全霊を傾けるときだ。

それに田宮は、川内を中山に差し出すつもりは毛頭なかった。かつては「いつかケジメを取らせんといけんな」と思っていたが、東京旅行で気持ちが変わった。あのとき、木屋やケン坊の前で約束したのだ。もうふたりは無罪放免だと。

——だいたい、本家が仕込み始めると言うたら、鬼の首とったように喜びおって……。

田宮は中山の心を見透かしていた。この件に関しては、当分サボタージュを決め込むことにした。

——それにしても達の奴、どこに行ったんかのう。

シッピンの達は、あの晩一度きりしか見かけなかった。あるいは生来の風来坊気質から、たまたま古い知り合いのもとに立ち寄っただけなのかもしれない。

八方連絡し、伝言も残しておいたが、達の行方は杳《よう》として知れなかった。

数日後、本家から通達が届いた。

「報復まかりならず」

田宮はわが耳を疑った。

「どげな意味です」

田宮は震える声で赤波に訊《たず》ねた。

「新体制が発足したばかりやけん、抗争はならんっちゅう意味たい」

「なしてです？　それとこれとは話が別でっしょうが！」

「本家の意向じゃ」

赤波は腕を組み、いつものポーズをとった。

「ひとりでやります」

「ならん」赤波は目を閉じたまま言った。

「やります」

「ならん。どうしてもやると言うなら、盃置いてけ」

「ばってん――」

「よう考えてみい。本家は足許《あしもと》ば固めたかとじゃ。襲名披露で九州中の親分に集まってもろうたとばい。その座布団も乾かんうちに、九州で戦争起こすわけにはいかんやろうもん。今はならん、と言うとるだけたい。待て」

田宮は今にも噛みつきそうな顔になった。兄貴も親分になったとたん、えらく物分かりがようなったとですね。そんな台詞《せりふ》が、口から出そうになった。赤波に皮肉をぶつけたくなったのは、初めてのことだ。

田宮はこの日から、二日おきに売血に出向いた。そうでもしなければ、毛孔から血が噴き出してしまいそうだった。売血のたびに貰《もら》う脱脂粉乳は、靴磨きの少年に呉《く》れてやった。

やがて、洲之内が退院した。

洲之内は小高い丘の上に立つ簡素な自宅へ戻った。退院して三日後、赤波が単身おもむいた。洲之内が病床にあった間に起きた、すべての経緯を話しに行ったのだ。聴き終えると洲之内はたった一言、「ご苦労さんやったな」と言ったという。

田宮も特別な用事さえなければ、洲之内邸に日参した。その日も出目銀とふたり、八女茶《やめちゃ》をたずさえて訪れた。

洲之内は縁側の揺り椅子で静かに揺られながら、庭園を眺めていた。

「日なたぼっこ日和ですね、親分」

田宮は縁側に腰掛けた。

「よう来てくれたな。おうい、お茶」

奥で「はいはい、只今《ただいま》」という声がした。

「姐《ねえ》さん、俺が淹《い》れます」

「いいのよ、あなたはお客さんですから座ってなさい」

田宮は上げかけた腰をおろすと、ふたまわりほど小さくなった洲之内を見つめた。どういう訳か、入院中から白い眉毛だけがよく伸びる。

――本当に引退してしもうたんやのう。親分も……。

田宮は屋敷を訪れるたび、いいしれぬ寂しさを味わった。九州博徒の鑑《かがみ》とまで言われた人物が、今はちいさく痩せ細って、老妻とふたり、日がな無聊《ぶりょう》をかこっている。

「もう昔気質《むかしかたぎ》の博徒の時代やない」

ということは、田宮も判っていた。敗戦から干支が一巡りし、ヤクザ気質も変わりつつあるのだ。要は銭たい、と田宮は思っていた。

「親分」

田宮は気を取り直して言った。「筑禮会のことは聞かれたとですか」

「そこが弾いたんやってな、わしを」

どこか他人事《ひとごと》のように洲之内は言った。

「本家が『報復はまかりならん』と言うてきました」

「なんやと？」

洲之内の目つきが刹那《せつな》に嶮《けわ》しくなった。さすがに一代の博徒の面影がある。

「聞いとらんぞ」

「なんでも足場固めがどうのこうの言いよるげなです」

洲之内が黙り込んだ。周囲《あたり》を凍結させるような、長く、おそろしげな沈黙だった。田宮の背中に、ぞくりとするものが走った。これが俺の知ってる親分の顔たい、と思った。

ぎぃこ、ぎぃこ、と揺り椅子の揺れる音だけがする。

澄んだ初秋の空に、鳥が一羽、白い腹をみせて翔《と》び過ぎていった。

しばらく揺られていた洲之内の眼が、カッと瞠《ひら》かれた。

「わし、ハメられたんと違うか」

「わしもそう思うで、兄弟」出目銀が間髪入れず言った。

ふたりは策を練り始めた。謀議は夜が更けるまで続き、田宮は何度か舌を巻いた。天分を謳《うた》われたふたりの老博徒が、おのれの経験と智慧《ちえ》をふりしぼっているのだ。

日付の変わる頃、ついに結論が出た。

サイは田宮に預けられた。

33

奇跡の立役者は、またしても稲尾だった。

後半戦だけで十七勝一敗。自慢の打線も復調し、恒例のお盆シリーズで南海を三タテした。西鉄ライオンズは勢いづき、勝利をつみかさねた。そして九月末の直接対決で南海を倒し首位に立つと、その四日後にはペナント三連覇を決めた。

十一ゲーム差をひっくりかえす、奇跡の大逆転優勝だった。ＭＶＰは三十三勝を挙げた稲尾。一方、大下は出場六十二試合に止《とど》まり、打率は二割二分一厘。もっぱら代打要員となっていた。

「とにかく日本シリーズまでは休め。遊びに行くなよ」

三原監督はペナントで疲れきったナインに厳命した。

ある晩、木屋は三原に訊ねられた。

「長嶋はどんなバッターだい？」

ルーキーながら打率三割五厘、本塁打二十九本。長嶋茂雄は打撃の神様・川上哲治から四番の座を奪い取っていた。

「立教で同期だった杉浦の球は、練習でちっとも打てんかったそうです」

「ふむ。稲尾のスライダーとシュートはどうかな。タイプが違うからな……」

今シーズンばかりは最後の最後までもつれた。さしもの知将も、対巨人についての準備不足は否めなかった。木屋は情報収集に奔《はし》った。これも番記者の務めだ。

ちょうど野上記者のツテを頼って、セリーグの記者と電話しているときのことだった。田宮が社を訪ねてきた。木屋は電話を終えると、すぐに階下へおりて行った。ふたりはロビーのソファに腰かけた。

「なんや、珍しかね。どげんした」

「じつはな、兄弟。一生に一度の頼みがあるとじゃ。日本シリーズのチケット、手に入れてくれんか」

「ふむ……よかよ」

じつは親類知己から山のように同じ依頼があった。優勝した途端、手の平を返したように熱くなるのが博多っ子だ。

「平和台は第三戦から五戦までたい」

「できれば早い方がよか」

「ばってん、三戦と四戦は厳しか。ここまでは確実に開催されるからな」

「じゃあ第五戦か」

「ああ、それならどうにかなる。内野二枚でよかか？」

「それがな、兄弟。一塁側を二枚ずつ三セット、三塁側も同じく二枚ずつ三セット欲しかとよ」

「なにっ⁉　すると十二枚？」

「頼む」

田宮は頭を下げた。「どうしても必要なんや。金に糸目はつけん」

木屋は「ふーっ」と息を吐いた。知り合いの顔が次々と浮かぶ。

「わかった。どげんかしてみる。ばってん、揃《そろ》えられる保証はなかばい。それに西鉄が初戦から四タテしたらパアやぞ」

「一つくらいは負けるやろう」

「まあな。そうやといいけど」

「そういえば結婚式の招待状、届いたばい」

「ああ。来てくれるっちゃろ？」

「うん……まあな。今は行かれると思うちょる。ばってん先々のことは判らんけん、先にこれば渡しとく」

田宮が熨《の》斗袋《しぶくろ》をとりだした。

「それにこっちはチケット代たい。足りんかったら言うてくれ」

どちらも手にズシリときた。

「こげん気ぃ遣わんでも……」

「いいんじゃ。それよりも、どうか席はバラバラで二つずつ取ってくれよ。続きはいけんばい」

「言われんでも、六つずつ連番なんて取れるかい」

「そうか。それならよか。頼んだぞ、兄弟」

木屋は田宮が立ち去った瞬間から、六セット十二枚のチケット獲得のために奔走をはじめた。収容三万人の平和台のプラチナチケットである。麻雀で貸しのある球団関係者からせしめ、上司が家族用にとっておいたものを「祝言祝いに何卒《なにとぞ》」と拝み倒し、果ては後輩から金の力で奪い取った。

いくつかの怨《うら》めしげな視線とひきかえに、木屋はチケットを確保した。十二枚が揃ったときは、さすがにドッと疲れが出た。

――ぎりぎり当選の代議士のごとあるな……。票集めは骨が折れるばい。

田宮にチケットを届けたときも、理由は訊《き》かなかった。義理事に囲まれて生きている男だ。きっといろいろあるのだろう。それに田宮が頼み事をしてきたのは、初めてのことだ。

チケットを受け取ると、田宮はじっと木屋を見つめて「兄弟、ありがとう」と言葉を詰まらせた。木屋は「なしてしんみりするとか！」と田宮の肩を叩いた。

とにもかくにも面目をほどこし、木屋はホッと胸をなでおろした。これで川内を救ってくれた恩義に、わずかなりともお返しができたというものだ。

ところが――。

日本シリーズは波乱の幕開けとなった。

開幕前夜まで稲尾が四十度の熱で伏した。昨年もちょうどこのころ倒れた。原因不明ながら、シーズン中の酷使の疲れが一気に出るのだろう。

それでも稲尾は開幕のマウンドに上がったが、九対二で敗れた。

二戦目も島原で七対三と落とす。

移動日をはさんで平和台での第三戦。

先発は超人的な体力で恢復した稲尾だった。だが、一対〇で敗れる。新聞には「力投稲尾を見殺し」の文字が躍った。あれよあれよと三連敗。西鉄はあっという間に土俵際へ追いつめられた。

その晩、三原監督は球団職員に命じた。

「すき焼き百人前と、日本酒五十本を用意しろ」

それを鍋ごとクルマに載せて、選手たちの自宅へ一軒ずつ配って回らせる。

記者連中には、三原邸へ招集命令がかかった。

「どうせ首の皮一枚。ジタバタしても始まらん。今日は徹夜麻雀だ！」

木屋も呼ばれた。雀卓を囲み「ポン」「チー」とやりながらも、「あした負けたら十二枚もパアか」と気勢が上がらない。口にこそしないが、今年はもう終わったと記者連中の誰もが思っている。

すると玄関で声がした。

「監督さんいらっしゃいますか」

大下だった。記者たちは「どうしたの大下《ポン》さん」と口々に言いながら出て行った。

三原が玄関口で言った。

「呼びつけて済まんな。これで若い奴らを飲みに連れて行ってくれんか」

現金十万円をぽんと渡した。とてもひと晩で使いきれる額ではない。

大下はニヤリとした。三原の意図を察したらしい。

「厄落としだ。どんちゃん騒ぎしてきますよ」

大下はその場で中西や稲尾に電話を入れ、自身も中洲へ向かった。

「引率者が大下《ポン》さんじゃ、きっと持ち出したい」

ふたたび卓を囲んだ記者たちが、陽気に言い交わした。

午前四時ごろ、突如三原がツキだした。満貫《マンガン》、跳満《ハネマン》を連発する。

同時に、記者のひとりが叫んだ。

「雨たい！」

メンバーは「降れ降れ、もっと降れ！」と連呼した。

一座の願いが通じたか、雨足は強くなるばかりだ。

——こりゃ、恵みの雨になるかもしれんぞ。

と木屋は思った。すくなくとも選手にはいい気分転換になる。

そして午前八時、第四戦の延期が決定した。すぐに巨人軍の水原監督から猛烈な抗議が入った。

「予報じゃ午後から晴れると言ってるぞ！　稲尾を休ませたいだけだろ！」

平和台グランドの水捌《みずは》けの良さは、つとに有名である。

「ちがいます。九州一円から来るファンは四時間のバス旅ですたい。だけん、プレーボールの四時間前には中止を決定せなならんとです」

水原はなおも食い下がったが、決定が覆るはずもなかった。

雨天順延の翌日、西鉄ライオンズの先発はまたもや稲尾。六対四でようやく一勝を挙げた。

そして運命の第五戦を迎えた。

木屋は、正直ホッとしていた。巨人に一矢報いることができたし、田宮の十二枚も陽《ひ》の目を見る。

――今年はこれで良しとせないけんのかもな。田宮、見よるか。

木屋は記者席から内野席を見渡したが、超満員のスタンドで田宮を見つけることはできなかった。

「プレーボール！」

事件は数分後に起こった。

先発の西村《にしむら》が、巨人の与那嶺《よなみね》に三ランホームランを打たれたのだ。

万事休す――。

平和台球場は静まり返った。

これで今年はおしまいだ。

34

三原監督の判断は早かった。三ランを浴びた西村を一回途中で降板させ、島原にスイッチ。その島原は三回を無失点に抑えた。

ちょうどその頃――。

ライトスタンドで双眼鏡を構える田宮の手は震えていた。

となりに座る出目銀が、耳元でささやいた。

「作戦成功。どうやらぴたーっとハマッたようやな」

すると、球場の出入口に立たせていたナツヒコがやって来た。

「いま、達の叔父貴がつかまったと、場外から連絡が……。例の店で待たせてあります」

これですべてが符合した。田宮の胸に、苦い戦慄《せんりつ》が奔った。

田宮はもういちど双眼鏡を覗《のぞ》いた。レンズが捕えたのは、あきらかに旧知の顔だった。

一塁側には北影、筑禮会の大隅、大阪葛城一家の葛城。

三名はそれぞれツレを連れて、ぽつりぽつりと離れて観戦していた。

田宮は印を打った座席表と照らし合わせた。間違いない。六つとも木屋に用意してもらった席だ。

三塁側には北影組の若頭、筑禮会の若頭、中山の顔が見える。やはりこの三名もツレを伴って、田宮の用意した席に座っている。

四回表が始まる前に、アナウンスが流れた。

「ピッチャー代わりまして、稲尾。背番号、二十四」

わっと歓声があがった。

出目銀が「また稲尾か」とつぶやいた。「有り金勝負に出たようやな、西鉄は」

田宮はマウンドへ双眼鏡を向けた。背中があった。もはや一点もやれない、という若きエースの背中だ。

田宮が席を立った。

「行くんか」と出目銀が言った。

田宮は頷いた。

「そっちも運命の一戦やな。試合の方はわしが見届けておくさかい、あんじょう立場つけてきなはれ」

球場を出ていく田宮とナツヒコを、モギリがふしぎそうに見守った。いくら三点ビハインドとはいえ、稲尾が出てきたんやぞ、諦めるのは早すぎぎやせんか、とその目が言っている。

——俺もアウトを三つばかり取ってこないけんとじゃ。稲尾よ、あとは任せたぞ。

こうして、博多っ子の願いを一身に託されたエースがマウンドに上がると同時に、博多の暗黒街に生きるひとりのヤクザがひっそりと球場をあとにした。

待たせてあったクルマに乗り、朝日食堂へ向かう。

店に着くと子分は外で控えさせ、田宮はひとりで戸を開けた。

達はすでにお銚子《ちょうし》を空けていた。

「用事ってなんや兄弟。西鉄狂いが、今日という日をこんな店でクダ巻いとってええんか」

「久しぶりやのう」

と言って、田宮は持ってきたラジオの実況中継を入れた。稲尾は四回表を無事抑えたようだ。

「達よ。なして博多に舞い戻ったとか」

田宮はお酌を受けながら訊ねた。

「葛城の親分のお供や」

「その親分やけどな、さっき平和台で見かけたばい」

「ほう、そうか」

「俺のプレゼントした席に座っとった」

「……どういう意味や」

「達よ。親分を弾《ハジ》いたんは、お前とちがうか」

「なんやと!?」

達の目が鈍く光った。

「お前が大隅の盆から出てくるのを、この目で視《み》たとばい」

達は「へっ」と鼻を鳴らしてから、「弾いてへんよ」と言った。

「せやけどな兄弟。わいはお前とは盃交わしたが、洲之内の親分とは交わしちゃおらん。そこだけははっきりさせとくで」

「ばってん、兄弟分の親を弾くのはご法度やろう。任侠道《にんきょうどう》の根っこたい」

「面倒やなぁ。道だの親だの掟《おきて》だの。たかがヤクザやないか」

「お前が、弾いたんやな」

「わいやあらへん。作戦に智恵貸しただけや。二言三言、ちょろちょろっとな」

がらっと戸をあけて、田宮の若い衆が三人入ってきた。ふたりがドスを構え、ナツヒコが拳銃を達につきつける。

「やるんか、わいを」

達は田宮の目を見据えた。

「親ァ弾かれて、黙っとれるか」

店のおやじが喘《あえ》いだ。「ぱ、ぱ、ぱ」と言っているように聞こえる。

「兄弟盃はどうなるんや」と達が言った。

「なあ達。俺はお前が嫌いやなかった。この世界の極《き》まりごとに縛られん生き方も、面白う思っとった。ばってん、俺はそうもいかんとじゃ。俺には俺の筋《スジ》がある。なしてうちの親分ば弾いたとや」

「わいみたいな一匹狼《いっぴきおおかみ》はな、言われたとおりにせな生きていかれへん時があるんよ。そこさえ呑《の》み込めば、また当分放っといてもらえる。それに、わいは洲之内はんに世話んなった覚えはいっぺんもないしな」

「それがお前の任俠道か」

「野良犬道や。さて、外でやろか。おやじに迷惑かけるさかい」

達はお銚子ごと一気に飲み干すと、ポケットから金をとりだし、無造作にカウンターへ置いた。

達が金を支払うのを見るのは、これが初めてのことだった。そして最後になるだろう。

外へ出ると、射《さ》し込んだ西日が、貧民街に侘《わび》しげな陰影をつくっていた。空き家となったバラックの裏手に、雑木林がある。そこなら人目につかない。

田宮と三人の子分が、達を取り囲んだ。

「道具貸せや」

達が、拳銃を持つナツヒコに言った。

「自分でやったるわい。懲役行きたかないやろ」

ナツヒコは田宮を見た。ナツヒコの表情には、戸惑い、疑念、そして若干の救いが入り混じっている。

田宮はすこしだけ考え、

「弾、一発だけにして渡したれ」

と言った。

ナツヒコは言われたとおりにして、達に拳銃を手渡した。ドスを持った子分がひとり、達の背後にまわった。あとのふたりは、田宮の前で壁になる。

達は引鉄《ひきがね》に指を置き、

「楽しかったで兄弟」と言った。

「俺もや」

「残念やな」

「ああ、残念や」

そして達は――銃口を田宮に向けた。

「わりゃあ！」

背後から襲われる前に、達は小走りに距離をとった。

「冗談や兄弟」

達がニヤリとした。

「わかっとる」

達がおのれの側頭部に銃口を突きつけると同時に、貧民街に銃声が響き渡った。

――達よ。俺たちはこうなるより、仕方なかったんかなァ。

悔恨に似たものが胸に湧いてきた。見事な最期だった。達は野良犬なんかじゃなかったのだ……。

田宮は感傷をうち消すために、自分の腹へ拳を入れた。いまは敵に哀悼を捧げているときではない。まだふたつ、アウトカウントが残っているのだ。

田宮は早足に現場を立ち去った。

球場に返す自動車の中で、ラジオからアナウンサーの絶叫が聞こえてきた。

「中西の二ランホームランが飛び出しました！　これで一点差！　七回裏、西鉄が一点差に詰め寄りました！」

35

いかにも中西らしい弾丸ライナーだった。右中間を破ると思われた打球が、そのままスタンドに突き刺さった。

——これはひょっとしたら、ひょっとするぞ。

木屋は拳を握りしめた。一回表に巨人が三点を挙げてから両チームともゼロ行進が続いた。こうした均衡が破れた途端、ゲームは動き出すものだ。

ところが八回裏の西鉄の攻撃は三者凡退。稲尾も負けじと九回表を抑えた。昨日完投したばかりとは思えない、完璧なロングリリーフぶりだった。

九回裏、西鉄最後の攻撃に入った。ベンチ裏では巨人の優勝セレモニーの準備が始まった。

先頭の小渕《こぶち》が、サード長嶋の横を抜ける二塁打で出塁する。

「ファウルだ！」

長嶋と水原監督の猛抗議で試合が中断した。「なにを横車押すか！」「長嶋ァ。きさんルーキーのくせに生意気やぞ！」スタンドから猛烈な野次が飛ぶ。

結局抗議は実らず、試合再開となった。

続く豊田が珍しく送りバントをした。ワンアウト三塁となって、打席には先ほどホームランを打った中西太。平和台球場そのものがごくりと唾《つば》を呑み込んだ。

しかし頼みの中西はサードゴロ。長嶋の華麗なさばきでツーアウトとなった。

次は今シリーズ絶不調の関口。

——もはやここまで……。

巨人ベンチが胴上げの準備にそわそわとしだした。ところが関口の放った打球は、ショートの横を抜けた。スタンドが地響きを立てる。値千金の同点打だった。

十回表、稲尾続投。腕も千切《ちぎ》れよとばかり、巨人打線を零点に抑えた。

そして迎えた十回裏、西鉄の攻撃は下位打線だった。

木屋は次の回の心配をした。

——どこまで稲尾で行くか……。ここまできたら最後まで行くやろうな。

そう三原監督の心中を推察した。「稲尾で負けたらファンも納得してくれる」という暗黙の了解が、球場を包んでいた。

と、そのとき。「カーン！」という乾いた打球音が鳴り響いた。九番バッター稲尾の放った一打が、スタンドに吸い込まれたのだ。

サヨナラホームラン。

36

この形容しがたい出来事を形容したのは、一塁側の、あるみすぼらしいファンだった。彼はダイヤモンドを一周して戻ってきた稲尾を、何度も拝んだ。

「神様、仏様、稲尾様。ありがたや、ありがたや」

ホームベース付近へ報道陣が殺到した。木屋も駆けた。稲尾は揉《も》みくちゃにされた。

「打った球は？」

「内角。まぐれですよ、まぐれ！　おそらくシュートのかけそこねでしょう」

「投球のほうは？」

「三点リードされていたから、せめて同点に追いつくまでは、と思って投げた」

「これで一ゲーム差ですね」

「泣いても笑ってもあと二試合。いざとなれば二試合連日完投でもなんでもやりますよ」

グランドではそこらじゅうで、歓喜の西鉄ナインへマイクが向けられた。普段はクールな仰木が珍しく昂奮していた。

「こんな試合見たことありますか？　僕はない。それにしても、ウチは強い！」

この一言に、観戦した者すべての感想が集約されていた。

カーン！

という打球音は、球場の外、自動車の中でラジオを聴いていた田宮の耳にも届いた。数秒おいて、ワッと大歓声が上がった。球場とラジオ、両方からどよめきが木霊《こだま》する。そのどよめきは、波と波が正面からぶつかり合うように、田宮の鼓膜で増幅した。

ラジオのアナウンサーが、

「稲尾ホームラン！　サヨナラホームラン！」

と連呼した。田宮はようやく事態を了解した。

――ひとりでやりおったか。何から何まで。

稲尾の鬼神の如《ごと》き働きぶりに、ぞくりと鳥肌が立った。

だがすぐに、腹の底に剣を呑み込んだ。何から何までひとりでやらねばならぬのは、こちらも同じだ。田宮は運転手のナツヒコと、球場から出てくる観客の群れをじっと見守った。どの顔も紅潮している。

――来た……！

中山だ。田宮の子分と一緒にこちらへやって来る。中山の顔にも昂奮が見てとれた。それに水を差された、と言わんばかりの不機嫌さも滲《にじ》んでいる。

田宮はすばやく自動車をおりて迎えた。

「なんや急用って」中山が言った。

「すんません兄貴。じつは例の仕込みの件、とっ捕まえたんで一緒に来てもらえませんか」

「おお、川内か！」

中山は喜色を浮かべた。「どこにおる？」

「海っぺりの方です。さ、どうぞ。時間はとらせません」

中山と田宮が後部座席に座り、中山を連れてきた子分が助手席に乗った。ナツヒコがアクセルを踏み、四人は一路、百道の海岸へむけて発進した。

「お前今日、県外へ行く用事があるんやなかったか？」

「へい。それが川内の件であわてて舞い戻ったとです。それにしても、すごい試合やったみたいですね」

「おう。稲尾の一人舞台ばい」

「ご招待したお客さんも、さぞかし満足なさったでしょう」

「まあな」

「このあと接待やなかとですか」

「ま、よかたい……」

中山は語尾を濁した。

——この阿呆《あほう》、とぼけよってからに。すべてお見通しやぞ。

田宮は、永年の兄貴分との別れが近づいていることに、複雑な感情がこみあげてきた。

「着きました」

子分がドアを開けた。日はほとんど暮れかけている。

「なんや淋しいところやな。川内《あいつ》を沈めるんと違うぞ。逆たい。西鉄の中で泳がすんやぞ」

まだおのれの運命に気づいていない中山が、軽口を叩《たた》いた。

「さ、こちらへ」

三人は無言のまま中山を取り囲み、岩場の奥へ案内した。

つき進むうち、中山に動物的な勘が働き出したらしい。

「おい、どこへ行くとか。こげなところに川内がおるとか」

三人は応えなかった。

「こら、聞きようとか。俺は帰るぞ」

小さな洞窟の前まで来たところで、田宮がようやく口を開いた。

岩場の陰からすっと、さらにふたりの子分が姿を現した。中山の顔が蒼《あお》ざめた。

「ここでよか」

「ふん縛《じば》れ」

子分たちは瞬く間に中山の手足を縛り上げた。その間、中山は一言も発さなかった。頬が引き攣《つ》っている。

田宮は煙草《タバコ》に火を点《つ》けた。

「きさん、親分を嵌《は》めよったな」

中山は憐《あわ》れなほどに全身を震わせた。田宮は両手をうしろに縛られた中山の口に、煙草をくわえさせてやった。

「ほれ、吸わんか」

中山がひと吸いすると、田宮はおのれの口に煙草をもどした。深く吸い込んでから、煙を吐き出す。

「嵌めたんやろ」

「し、知らん！」

「ほう。それなら今日、三塁側に誰がおった？　おっちゃぁいけん人間がおったよな。俺があんたにプレゼントした席に」

「きさん——し、知らんぞ。わしもチケットは人に呉れてやったんじゃ」

「それが巡りめぐって、筑禮会の若頭の手に渡った。そげん言いたかとか。えらい偶然やのう。そりゃあ筋が通らんばい。徹夜で並んでもなかなか手に入らんチケットたい。さぞかし歓ばれたやろう。もうあっちの若頭とは盃交わしたんか？」

しばし間をおいた。応答はなかった。田宮はもういちど深ぶかと煙を吸い込んだ。

「まだ、吸うか？」

中山はぶるぶると首を横に振った。

「安心せい。俺はスポーツマンシップの信奉者たい」

この意味をどう受け取ったか、中山の表情にかすかな安堵《あんど》の色が浮かんだ。

「あんた、今年中に川内と双葉を捕まえんかったら指落とせ、と言うたよな」

「あれは、もうよかとよ」

「ふたりは無罪放免にした。俺の一存でな。その代わり、この指ば呉れてやる。おい」

子分が包丁とまな板を差し出した。

田宮は右小指を、まな板の上に置いた。

「よう見とけ。人の見ておらんところでも、おのれのやるべきことばやる。それがスポーツマンシップたい」

田宮は凄惨な笑みを浮かべながら、さくり、と小指を切り落とした。

顔をゆがめた子分が、指の根っこを包帯で縛り上げた。

「これであんたと俺は貸し借りなしたい」

「兄貴分をやるとか？　盃交わした兄貴分を！」

「やかましい！　死ぬ前に教えといちゃる。俺の兄貴分はたった一人、フィリピンの土ん中で眠っとる人たい」

「なあ田宮。聴け。早まるな。聴いてくれ！　助けてくれたら俺とお前で――」

「やめい！　耳が穢《けが》れる。とっとと消えんか！」

子分が中山の口に白布を詰め込み、頭からセメント袋をかぶせた。

田宮はナツヒコと踵《きびす》を返した。背後で三発の銃声が響いた。

――これでツーアウト。あと一人……。

田宮は、自分がこのうえなく昂《たか》ぶってはいるが、その昂ぶりを冷静にコントロールできている、というふしぎな感覚をおぼえていた。

クルマが発進したところで、ナツヒコに言った。

「ちょっと寄るところがある」

みその苑の前で停めさせ、ケン坊を呼び出してもらった。

「しばらく見んうちに、背が伸びたな」

ケン坊は人懐こい笑みを浮かべた。もう中学生だ。

「試合、聴いてたか」

こくんと頷く。

「ちょっと事情があってな。しばらくお別れたい。そのうち、姉ちゃんらと暮らすんやろ？」

ケン坊は笑みを消して、かすかに頷いた。

「東京へ行くことになっても、負けるなよ。口惜《くや》しいこと、哀しいことがあっても、グッと呑みこめ。稲尾は毎日放っても弱音ば吐かんやろう？　大下は打てんかってもケガのせいにせんやろう？　男は口が利けても、利けんでも、愚痴は吐かんもんたい。判ったか？」

ケン坊は深く頷いた。

「お前は強い星のもとに生まれとるったい。あの大下にホームランばプレゼントしてもらった男やもんな。お前ならきっとやれる。男らしく生きれや」

田宮はポケットから右手を出した。真っ赤に染まった包帯を見て、ケン坊がハッと息を呑んだ。

「いかんいかん。こっちじゃ」

田宮は苦笑いして、左手でケン坊の頭を撫《な》でてから、クルマにもどった。

田宮がいなくなったあと、ケン坊は二分ほど考えてから、市街地へむけて駆け出した。

37

木屋はグランドでの取材を終えると、昂奮を体じゅうに滾《たぎ》らせながら帰社した。デスクに座るや否や、すぐに記事にとりかかる。

「神様、仏様、稲尾様」

例のファンの言葉だ。語呂がいい。これを記事の〆《しめ》に使おう。

ちらりと時計を見た。夜汽車の出発まで二時間弱ある。記事を仕上げるには充分だ。第六戦と七戦は再び後楽園へ舞台を移す。

今日の試合はまちがいなく球史に残る一戦だ。この記事を地元記者として書くことができるのは、記者冥利に尽きるというもの。木屋は慎重に、かつ大胆に、筆を進めた。「新聞は一日経ったら紙くずや。せやけど三十年したら歴史の一級資料になる」という野上記者の言葉を思い出した。上ずってはいけない。けれども、熱量を減らしてもいけない。天下分け目の関ヶ原を検分した従軍記者のごとく書き上げろ。大切なのは事実、物語性、クライマックスだ。

三十分ほどかけて、あらかた記事が仕上がった。どうにか満足いくものだ。これをすこしだけ寝かせて、手を入れれば完成する。

木屋はほとぼりを冷ますために自らお茶を淹れた。

そこへケン坊が駆け込んできた。肩で荒い息をしている。

「どげんした？　よう入ってこれたな。走ってきたとか？」

ケン坊はデスクの上の万年筆で、反故紙《ほごがみ》の裏に筆を走らせた。

「たみやかんとく　おわかれ　手に血　さよなら」

木屋の顔色がさっと変わった。

「田宮が、お前んとこ来たとか？」

ケン坊が頷く。

「お別れやと？」

ケン坊が頷く。

「手から血ば流して？」

ケン坊が頷く。

木屋はもういちど時計を見た。あと一時間。

「よし。ちょっと待っとれ」

木屋は赤ペンを手に取り、記事の仕上げにとりかかった。ものの五分で終わらせ、デスクの下から遠征用のカバンを取り出した。

「いくぞ！　田宮の事務所へ！」

ふたりは新聞社の階段を駆け下りた。

38

田宮がおのれの事務所のドアを開けると同時に、緊迫した空気がそこをめがけてムッと押し寄せてきた。

木椅子にくくりつけられた赤波の仏頂面が目に飛び込んできた。床には、赤波の子分がふたり、縛られて芋虫のように転がされている。それを取り巻く田宮の子分が七、八人。

そこにシゲやんの姿があった。田宮は「おや？」と片眉をつりあげた。まだ盃を交わしていないシゲやんは、この件から外していたはずだ。ナツヒコを睨むと、申し訳なさそうに肩をすぼませた。ソファには出目銀があぐらを組んで座っている。

「親分、どげんしたとですか……」

子分のひとりが田宮の右手を見て言った。

田宮はそれには応えず、赤波の前までにじり寄った。

「達と中山の兄貴ばやりました。なしてですか、兄貴」

赤波は目を閉じた。

「またお地蔵さんば決め込むとですか。この期に及んでそれはなかでしょう。一塁側、オールスターのごとあったじゃないですか。北影に、大隅に、葛城。ありゃ兄貴の招待客ですたい。裏ァ取ってあります。みんな俺の押さえた席に座っとりました」

「いまごろ、うちの精鋭部隊が大隅に急襲ば掛けとります。なしてですか、兄貴。なして親分を売るような真似《まね》したとです。答えてつかあさい！」

「………」

赤波が、目を開けた。

だが口は閉ざされたままだった。

「わしは丁の目が七つ続いたあと、半に賭けて組をひとつ潰したことがあるで」

出目銀がソファから立ち上がった。

「人間もそれといっしょや。コロッと変わるんよ。おおかた北影から『跡目《あとめ》継がせて直参《じきさん》にしたる』『洲之内のシマそっくり呉れてやる』『麻薬《ヤク》利権を山分けしよう』とでも言われたんやろ。手に取るように判るわ」

「ばってん、親分と兄貴は血を分けたも同然の仲やったとですよ」

「男は誰でも、お山の大将になりたがるもんや。実直で、裏方に徹してきた男でも『いつか見とれよ』と胸のうちでは思うとる。自分も檜舞台《ひのきぶたい》に上がりたい。座布団を真ん中に敷いて座りたい。とくに歳食ってからは、そうなるんや。そんなとき甘い言葉を囁かれてみい。コロッといってまう。そんなん、ぎょうさん見てきたで。掃いて捨てるほどにな。そうやろ、赤波はん」

赤波は再び目を閉じた。

「兄貴、いつからですか？　いつから絵ぇ描いとったとですか。ひょっとして俺と達に盃交わさせたのも、兄貴の指図やったとですか。いつか俺も取り込むつもりやったとですか。兄貴の事務所に弾ぶち込まれたのも、あれは北影の催促やなかったとですか」

「はよう、やれ」

　赤波が言った。

「まだです。話してつかあさい。達も大隅も、大阪の尖兵やったとですよ。それが北影と組んで、さらに兄貴らと組んだとなれば、博多は大阪のもんになるやないですか。それが判ってて、親分を売ったとですか。博多や、西鉄ライオンズまで売るつもりやったとですか。いつからです？　親分に尽くしてたのも、全部芝居やったとですか」

「はようやらんかい」

「やりません。話してつかあさいよ。先に尻尾振ったのは、中山の兄貴ですよね。兄貴は、中山に囁かれたんと違いますか」

　赤波の口は閉ざされたままだった。

「ツメでも剝《は》がすか？」と出目銀が言った。

　田宮は力なく首を横に振った。

「武士の情けはよくないで」

「ばってん――」

　田宮は十二年前のことを思い出した。あの日、闇市で赤波に衿首をつかまれた。クッと首を引かれてから十二年、「この人こそ親分の侠客精神をうけつぐ長男坊たい」と思い続けてきた。その十二年のつみかさねが、田宮を躊躇《ためら》わせた。親を売った男とはいえ、痛めつける気にはどうしてもなれなかった。

「話しちゃくれんとですね」

赤波が頷いた。

「やります……ひと思いに」

田宮は誰にともなくつぶやいた。

子分の何人かが、道具をとりだした。

「俺がやる」

田宮は子分のひとりから、毛布でぐるぐるに包んだ拳銃をとりあげた。

赤波が目を瞑《つむ》った。

田宮は赤波の心臓に銃口をつきつけた。

「兄貴――」

引鉄《ひきがね》をひくと毛布の中で「バスン」と鈍い音が鳴った。

――なしてじゃ……。

田宮の胸に、とてつもない寂しさが込み上げてきた。

――なしてこげん事《こつ》に、なってしもうたんじゃ！

何者かを憾《うら》み、何者かに憤《いきどお》った。

しばらくしてはげしい感情が収まると、胸に大きな孔《あな》が穿《うが》たれているのを感じた。その孔に、むなしい風が吹きぬける。田宮は悄然《しょうぜん》と立ち尽くした。

出目銀が「酷《むご》いことさせよるなぁ」とつぶやいたとき、がちゃりとドアが開いた。

「田宮──」

田宮はゆっくりと顔をふり向けた。木屋の視線が、木椅子の上で血を流す人物に貼りついている。木屋のうしろにケン坊が立っているのに気がつき、田宮はようやく我に返った。

「見るな！　外で待っとれ！」

木屋は咄嗟《とっさ》にケン坊の目を手で塞ぎ、ばたんとドアを閉めた。

「親分、こいつらどうします」

田宮は猿ぐつわを嚙まされたふたりを見下ろした。すでに己をとりもどしている田宮の目つきは、蟻《あり》を踏み潰すか否か逡巡《しゅんじゅん》している残酷な少年のそれだった。

ひとりが、必死に目で何かを訴えて暴れ出した。

「おい、外しちゃれ」

猿ぐつわを外すと、男は叫ぶように言った。

「助けてつかあさい！　何も言いません！　子どもがおるんです。からだの悪い子がおるんです！　頼みますよって！　助けてつかあさいよ！」

「ふん」

子分たちから冷笑が漏れた。田宮は男の前にしゃがみこんだ。

「ほんまか」

男が必死の形相で頷いた。

「よし、お前らは助けちゃる。ばってん、二度と博多の土ば踏むなよ。足も洗え。ここで見たことも、これまでの渡世のことも、ぜんぶ忘れるんや。約束できるか」

ふたりは何度も頷いた。

「こいつらは三日後に解放しちゃれ。博多駅から汽車に乗って出てくまで見届けるんやぞ」

田宮は赤波の遺骸を見やった。胸と口から滴《したた》る鮮血こそ生なましいが、もう半分くらいは物体《モノ》として感じられる。

――これでスリーアウト、第五戦ゲームセットたい……。

「さて、これからどうする」と出目銀が言った。

「わしらは潜ります。まだ第六戦と七戦が残っとりますけん」

「やるんか。大阪と北影を」

「いっぺんにやれたらよかったとですが、手兵が足りんごとあります。だけん、続きはこれから」

「多勢に無勢やで」

田宮は、なにを判りきったことを、というふうに笑ってみせた。

「銀さんらしくなかですね」

「すまんな。歳をとると、余計な言葉がつい出てくる」

「親分のことば、よろしく頼みます。本家がなんぞ言うてきたら、知らぬ存ぜぬで通してください。あれは田宮が一存でやったことやと。俺の破門状も回してください。それですこしでも時間稼ぎになれば……」

「あほ言いなや。兄弟は言うとったで。『北影が兵隊さしむけてきたら、何人か道連れにして討ち死にしたる』ってな。もし兄さんが先に斃《たお》れたら、骨拾ったるとも言うとった。そんで戦争おこして、仇討《かたき》つとな」

田宮は頭を下げた。そして抽斗《ひきだし》からボールとサインペンをとりだし、外で待つふたりのもとへ出ていった。

39

木屋は寝台に横たわり、田宮のことを想っていた。

食堂車からは喧騒《けんそう》が聞こえてくる。

呑めや唄えやの大宴会が繰り広げられているのだろう。この東京行きの急行には、西鉄ナインや関係者は当然のこと、応援団までが同乗していた。

数車両先には、巨人ナインも乗っている。

「こっちは禁酒命令で通夜のようです」

顔見知りのセリーグ記者が、先ほど伝えに来た。ひとつ負け越しているのにどんちゃん騒ぎとは、いかにも野武士軍団らしい。

　するすると寝台のカーテンが開いた。

「なにしてんの木屋ちゃん。あんたもこっち来てやりんしゃい」

　赤ら顔の豊田泰光だった。

「いや、ちいと……」

「ははぁ。さてはフィアンセと離れるのが辛いんだろ。四日五日のことじゃないの。最後の独身遠征を満喫しなきゃ」

「ははは。あとで行きますけん」

「待ってるよ」

　カーテンを閉じて、また横たわった。あいかわらず、隣村の祭りのような喧騒が耳に届いてくる。木屋は目を瞑った。

　あのとき、田宮は事務所から出てきて言った。

「川内を追いかけとった人間はおらんようになった。安心して生きていけ、とふたりに伝えてくれ」

「それ……いまの人か？」

　木屋はドアの向こうをあごでしゃくった。胸の動悸《どうき》が速まる。

「ちがう。別の人間たい」

　すると田宮は、もうひとり殺《あや》めたのだろうか。

木屋は自分が遭遇した場面をあらためて思い返した。木椅子の上の人物は、血を流して死んでいた。田宮は人を撃ち殺したのだ。その様子を思い浮かべると、木屋は胸がくろぐろと塗り潰されるような心地がした。

「これでちっとは木屋さんに借りば返せた気分たい。ばってん、木屋さんは黄金の右腕で俺の命を救ってくれよった。俺の方は、たかが指一本で申し訳なか」

田宮の言っている意味がよく判らなかった。人を殺した田宮がおかしくなっているのか、それとも自分の気が動転しているのか。

「なしてここで兄ちゃんが出てくる?」

「木屋さんの恩を、お前やケン坊に返したとやないか。別に恩に着せてる訳やなかぞ。誰かに受けた恩を誰かに返すのは、当然のことやけんな」

アア、ソウカ。

田宮は俺のために指を落としたのだ。それでもって、あのふたりを救ってくれたのだ。経緯《いきさつ》は判らないが、そういうことなのだろう。

「明日から、遠征か?」

「今晩からたい。もう発《た》つとよ」

「そうか。これでしばらくお別れたい。俺は指名手配される。警察からもヤクザからもな」

「どうなるとや」

「やるか、やられるかたい」

木屋は頭の中がまっ白になった。その空白の中から言葉をさぐり当てるのに、しばらく時間がかかった。

「なあ……出頭せんか？」

田宮は目を見開いた。不意を衝かれたみたいだ。

「殺されるくらいなら、刑務所に入った方が幾らかよかろうもん。そんで出てきたら足洗え。お前ひとりくらい、俺が一生面倒見ちゃる。不自由はさせん。なぁ、そうしようや。今から一緒に警察行こう。頼む。この通りたい。そうしよう」

「ありがとよ、兄弟」

田宮は微笑《ほほえ》んだ。

「でもな、そういう訳にもいかんとよ。俺には俺の筋がある。子分たちもおる。そこを曲げたら、生きとる意味がのうなるんや」

木屋が何か言いかけたのを、田宮が手で制した。

「ばってん、嬉しか。まさか俺に、こげな心のこもった言葉をかけてくれる友がおろうとはな。生くる甲斐《かい》があったぞ。ありがとう、兄弟」

田宮は血の滲んだ右手で木屋の手をとった。木屋は、もう説得しても無駄だということを悟らされた。

そして田宮は白球に「男らしく」と書き足した。

「このボールはお前にやる。約束やぞ。男らしゅう生きてくれ」

ボールを受け取ったケン坊が頷いた。

「もう行け。汽車に遅れる」

木屋はケン坊とビルを出た。

あるいはこれが、田宮を見る最後になるかもしれないと思った。


移動日を入れて二日の休みをはさんだ第六戦。

三原監督はまたしても稲尾を先発のマウンドに送り込んだ。

初回、いきなり中西の先制ツーランが飛び出した。この虎の子の二点を、稲尾は丁寧なコーナーワークで守りぬいた。危なげのないピッチングで、巨人打線を三安打完封。二対〇で勝ち、三勝三敗のタイに持ち込んだ。

第七戦も先発は稲尾だった。またもや初回に中西の先制スリーランが飛び出した。さすがに稲尾の球にも伸びはなかったが、追加点をもらい、要所をしめるピッチングを展開した。

ところが七回、稲尾がマウンドでポトリと球を落とした。

「…………？」

拾い上げるが、またしてもポトリ。もはや握力が残されていなかったのだ。

それでも稲尾は続投し、九回を一失点で完投。

西鉄ライオンズは三連覇の凱歌《がいか》をあげた。

稲尾に始まり、稲尾に終わったシリーズだった。じつに七戦中六試合に登板。第四戦から四連投四連勝。途中、二十六イニングス連続無失点。どれをとっても空前絶後の大記録で、まさしく「神様、仏様、稲尾様」の名に恥じぬ活躍だった。

そのまま東京で祝勝会が催された。

会場には、背広を着込んだ西鉄ナインの晴ればれとした顔が並んだ。三原監督のスピーチが終わるや否や、

「乾杯！」

あとは恒例の無礼講が始まった。ペナントでは十一ゲーム差をひっくり返し、日本シリーズでは三連敗のあとの四連勝。誰もがドラマティックな勝利の美酒に酔いしれた。

木屋は途中で手洗いに立った。戻りがけ、会場の外の廊下で、ひとりぽつんと座る大下の姿があった。

「やあ、お疲れさんです」

木屋が声をかけると、大下は隣に座るように促した。どこか寂しげな笑顔だった。いつでも人の輪の中心にいるはずの人だ。

「今年は、働かなかったなぁ」

大下が言った。木屋は応えようがなかった。シーズン六十二試合の出場にとどまった大下は、日本シリーズでも控えにまわった。

第七戦の九回表、勝利が決まってから代打で出場し、セカンドゴロに倒れた。そのままライトの守備についたが、守備機会はなかった。三連覇のグランドに立ち会わせてやりたいという三原

監督の温情采配ではあったが、誇り高き英雄にとって、その配慮は是であったかどうか。

「そろそろ、引き際かな」

大下が言った。

「木屋ちゃんはどう思う？　まだ続けるのは、見苦しくないかな」

木屋は呼吸《いき》が浅くなった。まさか大下にこんな大切な意見を求められるとは……。自分がペンを置くときのことを想像してみた。でも、うまくいかなかった。天秤がつりあわないのだ。一介の記者の退職と、不世出の大打者の引退は、同日の談ではない。

「余計な配慮はいらんぞ。客観的に聞かせてくれ」

と大下が言った。そのまなじりには、苦悩と情熱が同居していた。

野球人としての大下弘は「まだやりたい」と叫んでいるのだろう。

だが、ひとりの人間としての大下弘は「これ以上みじめな姿を曝《さら》すな」と囁いているのだ。天才の引き際ほど難しいものはないのかもしれない。

木屋は、記者としての全技量と全存在をかたむけて、大下に問うた。

「ご自身のお気持ちは？」

大下は目を伏せて、つぶやくように言った。

「まだやれると思う。もう一年チャンスがほしい」

この一言で、記者としての木屋はどこかへ吹き飛んでしまった。

「なら、やらいでか！」

40

ひとりの博多っ子としての木屋が、そう叫んだ。

「大下弘は英雄ばい！　子どもたちに夢を与えたのは誰か？　大人たちに敗戦から立ち直る勇気を与えたのは誰か？　大下《ポン》さんばい。大下《ポン》さんのホームランばい。大下弘の引き際を決められるのは、大下弘だけ。僕はそう思うとります」

泡も吹かんばかりに捲《ま》くしたてた。大下は呆気《あっけ》にとられていたが、やがて眉をグッとひきしめ「そうだよな」と応えた。

「決めるのは自分だよな。うん、これでふっきれた。三原監督にもう一年頼んでみる。木屋ちゃん、ありがとう」

頭を下げられて、木屋は我に返った。

「いやあ、生意気なことば申し上げて……。どうか赦《ゆる》してください」

最後は蚊の鳴くような声だった。

ところが――。

祝勝会からしばらく経って、三原監督の辞意が伝わってきた。シーズン中に「アンチ三原」の声が高まってきた頃から、この名将のプライドもまた傷ついていたのである。

田宮の誤算は、北影一派の初動が思いがけず早かったことにあった。

というのも、朝日食堂のおやじの縁者に、北影組に属する者がいた。シッピンの達の殺害を知ったおやじは、この時代の貧民街に住む者の常として、警察よりも先に北影組へ一報を入れた。

――なんやと!? 出入りじゃ!

北影組、筑禮会、大阪葛城一家の若い衆が平和台球場へ疾駆した。

試合後、三塁側の中山が、田宮の子分にクルマへと誘導された。

一塁側の北影、大隅、葛城は、多くの子分に護《まも》られながら自分たちのクルマに乗り込んだ。大隅を狙っていた一塁側の田宮組別働隊――田宮のいう精鋭部隊三名――は、手出しができなかった。本来ならこのとき、手厚すぎる警護に何がしか計画の漏洩《ろうえい》を悟るべきであったろう。しかし大物標的三名を目の前にした彼らは、冷静さを失っていた。

「無理するな。大隅だけでええ」

という田宮の指令の上を行こうと、車中で話し合っていたのだ。できることなら三人まとめて冥土へ送り、「田宮《おやぶん》を男にしよう」と。

彼らは、大隅の追跡を始めた。

大隅を乗せたクルマは、そのまま小倉へと向かった。市境に来たときには、もう手遅れだった。小倉からの援軍が二台、すでに田宮組のクルマのうしろにつけていた。

それを確認した大隅のクルマが急停車した。

三台から大隅の手の者たちが飛び出してきて、いっせいにタイヤとフロントガラスへ発砲した。

三人も応戦したが、火力が違う。ふたりはすぐに射殺された。残ったひとりは虫の息だった。彼はそのまま筑禮会の事務所に運び込まれ、凄惨な拷問のすえ、計画を洗いざらい吐いた。田宮が赤波と中山を粛清すること。大隅はもとより、いずれ北影と葛城も的《マト》にかけること。

一方、北影はこのときすでに葛城を大阪へ送り返していた。そして配下の者に、田宮組を取り囲ませた。

田宮組の事務所前にある喫茶店、路上のクルマの中、通りで立ち話をしている男たち。すべてが北影組の者だった。彼らはじっと息を潜め、田宮組の入る雑居ビルの出入り口を注視した。

途中、ボストンバッグを持った背広姿の男と少年が、血相を変えてビルに入っていった。木屋とケン坊だ。しばらくすると出てきた。当然、このふたりはノーマークである。

やがて田宮と子分がひとり、路上に姿を現した。瞬間、田宮は違和感を感じた。突き刺すような視線を、一身に感じたのだ。

「おい。張られちょる」

田宮はうつむき、腹話術師のように囁いた。

「あっ、そうじゃ！」

田宮は手を叩き、白い歯を見せた。忘れ物をした呑気者をよそおったのだ。ふたりはすぐに事務所へとって返した。この咄嗟の機転で、田宮は一度目の命拾いをした。

「表は敵でぎっしりたい。一人ずつ裏から出ていけ。アジトで合流するぞ。絶対に尾行をぶらさげて来るなよ」

「親分、これどうします」

子分が赤波の遺体を指し示した。

「ふむ……」

田宮は、赤波のふたりの子分に言った。

「俺らが裏口から消えて三分経ったら、きさんらの親分を袋につめて表通りから出ろ。そのあとは好きにせい」

十中八九、勘違いした北影組の者たちに攫《さら》われるだろう。だが事情を話せば危害は加えられまい。その後こいつらがどうするかは判らない。かりに敵がふたり増えたところで、大勢に影響はない。

田宮は数秒で判断を下したことにより、二度目の命拾いをした。というのも、ちょうど田宮組の者たちが裏口から出きったところで、表通りの一党に突撃命令が下ったのだ。田宮組の計画の全貌が、大隅から北影へ伝わり、それが張り込みをする者たちに伝わった。

「それっ！」

踏み込んだ三十名近い男たちは、遺体を袋に詰めていたふたりを、問答無用で蜂の巣にした。


こうして田宮組の残党は地下に潜り、行方を晦《くら》ました。

それから潜行二ヶ月――。

北影はあらゆるルートを通じてふたつの情報を流した。

ひとつ、田宮を赦す構えのあること。

ひとつ、洲之内にケジメを取らせる準備があること。

本来なら、いかなる理由があれ、引退した者に危害を加えるのはこの世界のご法度である。だが北影は容赦しなかった。命を捨てに掛かったヒットマン集団ほど怖《こわ》ろしいものはない。そのことを、北影は嫌というほど知りぬいていた。俺と大隅、どちらを先に殺りにくるか。たぶん俺だろう、と北影は踏んでいた。

情報は田宮の耳にも届いた。

――ふん。その手に乗るかい。

潜伏先は糸島半島のちいさな山のふもと。人影うすい民家だった。

まず人目につく心配はない。電気もガスも電話も引いてある。市内にいる田宮シンパの人間が、時おり情報をくれた。彼らは電話一本でも命懸けだ。それによるとつい先日、田宮の土建会社が廃業に追い込まれたという。北影一派の圧力だった。

――これが二度目の包囲網か……。

フィリピンのことは、まるで遠い前世の記憶のように思えた。

――そろそろ覚悟を固めんといけんな。

目を光らせてはいるが、事ここに至っては、残党やシンパの中から敵方に通じる者が出てこないとも限らない。資金もそのうち尽きるだろう。

田宮はシゲやんを見つめた。まだ少年の面影を残した十六歳の見習いが、成り行きとはいえ、この潜伏に同行してしまっている。

縁を切り、みその苑へ戻そうと思った。するとナツヒコが言った。

「シゲオも敵方に顔割れちょります。俺が中洲の街ば連れまわしておりましたけん。本人も、一緒におりたいと言いよります。ここで盃ばくださいと」

「あほ抜かせ！」

田宮はふたりを怒鳴りつけた。

「目え覚まさんかい。ここは死地やぞ。なしてシゲオが巻き添え喰らわないけんのじゃ」

「ばってん、いま街におりて行ったら、こいつが先にやられます」

これには田宮も言葉がなかった。いつだったたか、木屋に「こいつの面倒は一生見たる」と大見得を切ったことが思い出された。田宮はぷいと横を向き、黙り込んだ。ナツヒコとシゲやんは、これを「好きにせい」という意味だと受け取った。

そんな時だった。朝刊に「元暴力団組長 自殺か」という見出しが躍った。洲之内がピストル自決したことを伝える記事だった。

――親分……。

田宮は天を仰いだ。これが自分に対するメッセージであることは、すぐに判った。

〝後顧の憂いはなか。思う存分やれ〟

これですべてが終わったのだ、と思った。正真正銘の博徒はいなくなった。混じり気のない高潔な侠客は、地上から姿を払ったのだ。

田宮は半日のあいだ、壁に向かって無言で過ごした。時おり静かな涙が頬を濡らしたが、その姿を子分たちには見せることはなかった。

その晩、出目銀から電話があった。

「いま広島や。兄弟のこと、聞いたか？」

「ええ」

「見事な最期やったで」

「はい」

「やるんか」

「やります」

「わしに出来ることないか」

「ありがとうございます。胸のうちで線香の一本もあげてくだされば嬉しかです」

「わしだけ茣蓙《ゴザ》巻いてすまんな」

「なに言いよりますか。やるべきことが見えたのは銀さんのお陰です」

「それじゃ達者でな……とはこの場合、言えんか」

「ふふふ。銀さんこそ達者で」

田宮は電話を切ると、床下から武器をとりだし、別れの盃の支度を命じた。

「ええか、よう聴けよ。死にたい奴だけついて来い。これから行なわれるのは長篠の合戦たい。知っとるもん、おるか？」

田宮は子分たちを見回した。

「おらんよな。俺も昔は知らんかった。つまり、必ず死ぬっちゅうことたい。しかも犬死にたい。だけん、死にたくない者は、どこぞなりと散れ。これは俺の我儘《わがまま》や。フィリピンで突撃し損ねた俺のな。お前たちに付き合う義理はなか。もうちょっと娑婆《しゃば》の空気ば吸うてみたい、と思ったら、生きろ。それは卑怯《ひきょう》じゃなか。俺も昔そうした」

ひとりの若者が、声を震わせた。

「あの……自分まだ老母がおりますけん……」

「よう言うた！　ほれ、これ持っていけ」

田宮は幾ばくかの金を摑み取りにした。

「これまで、よう尽くしてくれたな」

盃をちんと鳴らすと、若者はふりむかずそのまま去っていった。

「ほかにおらんか」

一座に音はなかった。

「無理すんなや。俺は今晩、ぐっすり眠るけんな。それから、シゲオ」

田宮の視線が、ぴたりと少年に定まった。シゲやんは機先を制した。

「親分！　僕に盃ばください。この通りです！」

畳に額をこすりつける。

田宮は、いつになくやさしい目つきになった。

「お前は降りてくれ。済まんな。本当に済まんち思うとる。ここを降りて、どうにか活路を見出《みいだ》してくれ。お前はまだ十六やないか」

「ばってん、親分は僕に前言うたやないですか！」

シゲやんが顔をあげた。

「人間はいずれ死ぬ。やけど、いつ死ぬかが問題やない。男として死ねるかどうかが問題なんや、と。あれは嘘《うそ》やったとですか！　いま降りたら、僕はこの先、一生男として生きていかれません。一緒に行かしてください。盃ばください。親子にしてつかあさい。僕、ひとりで死んでいきとうなかです！」

田宮は瞑目《めいもく》した。時が止まった。

一座の者は、固唾を呑んで沈黙を見守った。

やがて田宮は目を開けると同時に、「盃の支度ばせい」と命じた。シゲやんが「ありがとうございます！」と声をはりあげた。

こうして一夜限りの親子盃が取り交わされた。

田宮はシゲやんに盃を授けつつ、

「親子の関係は絶対やぞ。判っとるな」

と言った。

シゲやんは「はい」と神妙に頷いた。

「よし、これで固めの儀式は終わりたい。それでは親分として命ずる。今すぐここを去れ」

シゲやんは口をあけて固まった。

「博多の街も出るんや。できれば遠くまで落ち延びて、おちついたら木屋に連絡を入れろ。悪いようにはせんはずや」

「な…なしてですか……」

「こら！　親分の命令は絶対やぞ！」

ナツヒコが厳しい顔で言った。

シゲやんはさめざめと泣きだした。ナツヒコはその肩を抱きながら、部屋の隅でいっしょになって逃亡計画を練った。

シゲやんの涙が乾いたところへ、田宮が巾着袋《きんちゃく》を持ってやって来た。

「俺は木屋の兄弟と約束したとよ。お前の身が立つように世話する、とな。だからお前をここで死なす訳にはいかんのや。済まんな。判ってくれ」

田宮はありったけの金を巾着袋に入れてシゲやんに持たせた。シゲやんは日が暮れると共に、山を降りていった。何度もうしろを振り返る。そのたびに田宮は困ったような顔を浮かべて、「早《はよ》う行け」と手で追い払わざるを得なかった。シゲやんの腰にくくりつけた巾着袋が、ポンポンと揺れていた。

その晩、木戸をあける音がした。田宮は狸寝入りを決め込んだ。翌朝起きてみると、さらにふたりの姿が消えていた。

「なんや、まだ四人もおるんか。アホやのう、お前らも」

田宮は残った四人を見渡した。

ナツヒコはもとより、ほかの三人も身寄りのない者たちだ。去った者を憾《うら》む気持ちは少しもなかった。むしろ、残った者の心の修羅を思った。みな、この世に未練をとどむべき肉親を持たぬのだ。その娑婆でこそこそと生きるより、いっそここで死のう、と思わざるを得ないのだ。

子を死なせる辛さを、田宮はまざまざと思い知らされた。もし赦されるなら、この場で四人に土下座して謝りたかった。いや、今からでも遅くはない。四人に解散を命じ、おのれひとりで討ち込もうか？

そう思った瞬間、思わず「あっ」と叫んだ。あのときの木屋さんも、いまの俺と似たような気持ちを味わっていたのではないか？　おのれが朽ち果てる無念と、身内を死なせる辛さ。このふたつを天秤にかけねばならぬ苦しさは、味わった者にしかわからない。嗚呼《ああ》、と田宮の心臓が震えた。時を越えて、〝木屋さん〟の魂と回路が通じたような気がした。

だが田宮は、解散を命ずることはできなかった。死地へ逸《はや》る彼らの気持ちに、今さら手綱をかけるに忍びない。親分として最後にしてやれるのは、いっしょに死んでもらうことだ……。

茶漬け飯を喰らい、夜が来るのを待った。田宮は事務所開きのとき洲之内から授かった日本刀に粉を叩《はた》いた。そして腰にふたつの手榴弾をまきつけ、なおも夜が更けるのを待った。

——今宵が俺の命日か。

そう思ったら、ついぞ忘れていた日付を思い出した。

——あしたは木屋《あいつ》の結婚式やないか！

思わず笑みが浮かんだ。田宮はそれからというもの、洲之内、木屋の兄、木屋の顔を順繰りに思い浮かべることで、時間をやり過ごした。この三名と、今ここにおる四人が、この世に俺が生きた証《あかし》たい。そう思うと、無性に木屋の声が聞きたくなった。最後に「おめでとう」の一言を言ってやりたい。

田宮は西九州新聞社のダイヤルを回しかけて、やめた。

かわりに胸中でつぶやいた。

――めでたい日に済まんな。おめでとう、兄弟。

一行は、日付が変わる前にクルマに乗り込んだ。

41

挙式は、博多の総鎮守である櫛田《くしだ》神社でとりおこなわれた。

白無垢《しろむく》すがたの直子が現れたとたん、木屋は息をするのも忘れて見惚《みと》れた。直子はしずしずと進み、木屋のところへ来て伏し目をあげた。天女が境内《けいだい》に舞い降りたようなうつくしさだった。

親戚だけで三々九度を済ませ、天神のホテルの披露宴会場へむかった。

高砂席につくと、わがことながら、木屋はその大掛かりなことにあきれた。来賓は総勢二百人近い。両家とも、九州一円に点在する遠い親戚にまで声をかけた。これにプラス、木屋の方だけでも会社関係、西鉄球団関係、他社の記者仲間、友人知己……みその苑の円卓まである。ケン坊のとなりに、空席がひとつあった。「田宮直志《なおし》様」のネームプレートだけが、テーブルの上にぽつんと置かれたままだ。

――まあ……そうやろうな。

もう二ヶ月も音沙汰がないから、来ないことは判っていた。それでも席を除《の》ける気にはなれなかった。

仲人の重役の挨拶が終わり、三原監督が乾杯の音頭をとった。

「わが西鉄ライオンズのマスコットボーイと、その佳《よ》き花嫁さんに、乾杯！」

しばしの歓談のあと、スピーチが始まった。

ここでも豊田泰光が二番打者として打席に入った。

「木屋ちゃんは僕がトンネルすると、しめた！　と手を叩きます。『これであしたの見出しができた！』。じつにけしからん。番記者にあるまじき行為です」

とやって、満場の喝采を浴びた。

みその苑の子どもたちは、合唱を披露してくれた。声の出ないケン坊は指揮棒をふるった。

つづいて木屋の友人有志が、侍に扮《ふん》して『黒田節』を舞った。

「酒は呑め〜　呑め〜」

と唄われるまでもなく、木屋はすでに相当酔いが回っていた。ひっきりなしに訪れる客の祝杯を片っぱしから呑み干すのだから、直子も気が気でない。直子はすでに知っていた。新たに旦那様となったこの人物の酒量が、ときに度を越えてしまうことを。とりわけ今日の鯨飲《げいいん》ぶりはすごい。体内の水分を、すべてアルコールに取っ替えてしまうのではないか、と思うほどだ。

「淳さん、大丈夫？　もうあまり飲まんとよ」

「なあに、へっちゃらたい」

「ほら、大下さんのスピーチが始まるわよ。しゃんとして」

指名された大下がマイクの前に立つと、騒がしかった会場がぴたりと静まり返った。

「木屋ちゃんは陰徳をつんできました。先ほど合唱してくれた子どもたちの面倒を、学生時代から見てきたのです。子どもにやさしい男は、女房にもやさしい。僕を見れば判ります。直子さんはいいお婿さんと結ばれましたね。おめでとう」

拍手を浴びて席へ戻る大下を見守りながら、木屋は胸のうちで手をあわせた。

と、木屋の視線の先に、あらぬ人物の姿が見えた。

田宮だ。

先ほどまで空席だった場所に、白のスーツを着て、こちらを見守っている。

木屋は頬を叩き、目をこすった。

もういちど見やると、田宮はビールの入ったコップをかかげた。心に沁《し》みわたるような微笑を浮かべている。

「兄弟、おめでとう」

という田宮の声が、耳元で聞こえた気がした。

――田宮、来たとか！

木屋が立ち上がりかけた瞬間、田宮の姿は消えた。

どすん、と木屋は腰をおろした。

――いかんいかん。こりゃ相当酔っ払ろうとるぞ。

こんな調子だから、社会部の部長が中座を詫《わ》びに来たときも「どうぞどうぞ」と聞き流した。

同僚の記者たちが「今朝方、ヤクザの出入りがあったそうや。社会部も大変やな」と噂しているのも、耳に入るはずがなかった。

西九州新聞の号外が刷り上がったのは、披露宴もはねた夕方のことだった。

酔いつぶれた木屋は、翌朝の朝刊で初めてその事実を知った。

「暴力団抗争　双方あわせて死者七名、重傷多数」

という見出しが一面を飾っていた。

エピローグ

年が明けた一九五九年のペナントレース、西鉄は一度も見せ場をつくることはなかった。三原監督は一年だけ留任を呑《の》んだが、指揮官のゴタゴタでチームの士気は下がった。

結局ペナントでは四位に終わった。三連覇で美酒を飲み尽くしたがごとく、西鉄ライオンズは気の抜けたビールのようなチームになってしまった。

シーズンオフ早々に、三原監督の退団が決まった。一世一代の三原マジックを置き土産に、この名将は誰に見送られることもなく、ひっそりと博多の街を去っていった。

大下の退団も決まった。この年、大下は九十試合に出場。打率三割三厘は、老いてなお天才の片鱗《へんりん》を見せつけたが、衰勢は隠しようもなかった。

ただひとつ、大下にとって慰めになる出来事もあった。

「あと二本、打てるかなぁ」

シーズン開幕当初から、大下はつぶやき続けた。大下の生涯通算本塁打は百九十八本。あと二本で二百号となるのだ。

シーズン第一号が出たのは、後半戦に入った七月中旬のことだった。近鉄の山下登《やましたのぼる》のストレートを完璧に捉えた。

「おい。こんなに手応えがあったのは久々だぞ」

試合後、大下は顔をほころばせた。たしかに全盛期を思わせる、大きな放物線を描く一打だった。

——大下《ポン》さんのこげな笑顔を見るのは、いつ以来のことやろう。

ここ数年はアベレージヒッターに転向していたが、やはり大下はホームランに限りない郷愁を抱いていたのだ。

「あと一本。なんとか今年中に出るといいな。打てるかな……」

大下が二百号を達成した相手は、南海の杉浦だった。

「まさか入るとはね。今の僕じゃ杉浦に追い込まれたら打てない。だから初球から狙っていった。詰まったのに、よく入ったよ」

大下二百号のニュースだけが、この年の西鉄にとって明るい話題だった。このとき大下は「これで思い残すことはない」と言った。

木屋も覚悟を固めた。試合のない日は「大下引退」の予定記事の準備を始めた。

結局大下は、ペナントでもう一本のホームランを放ち、年明けの三月一日、平和台球場で引退試合を迎えることになった。

大毎とのオープン戦だった。試合に先立ち、大下はスタンドに向かい別れのスピーチをした。

「ほんとうに長い間、ありがとうございました」

と言って、絶句した。頰を涙が伝った。

「大下ぁ、泣くなァ！」

スタンドから涙まじりの声援が響いた。

その声援に背中を押され、

「私は西鉄ライオンズの選手だったことを、生涯の誇りとして生きていきたいと思います」

と、ようやくそれだけのことを言った。

六回裏、大下は代打で登場してセンターフライに倒れた。

七回裏の始まる前、「蛍の光」が球場に流れた。

大下は手を振りつつ、スタンドを巡った。

ベンチ前には選手たちが並んでいた。大下はその一人ずつと握手を交わした。野武士軍団の誰ひとりとして、目を腫らさぬ者はいなかった。とくに長年苦労をわかちあった古参選手たちは、あたり憚《はばか》らず号泣した。

引退試合から数日後――。

大下が博多の街を去る日がやってきた。奇《く》しくもその日は稲尾の結婚式で、選手や関係者たちは披露宴会場から博多駅のホームへ駆けつけた。

「ほれ、はよう！」

木屋が階段の上から急《せ》かした。

「そう言っても淳さん。こっちは重たかとよ」

お腹《なか》の大きくなった直子が言った。そのうしろから、二歳になる一郎を抱いた双葉と川内、そしてケン坊の姿が続く。

「間に合った、間に合った」

大下はコートに身を包んで、一同に囲まれていた。見送りはファンや後援会、野球チームの少年たちを含め三百名という騒ぎだった。

木屋は人混みを掻《か》き分け、本人のそばまで行った。

「大下さん、これ」

ここ数日のあいだ徹夜で仕上げたスクラップブックだった。大下の活躍を伝える記事ばかりを切り抜いた。

木屋は番記者として最後の質問をこころみた。

「博多でいちばんの思い出は?」

「そうだなぁ。どれもこれも忘れがたき思い出ばかりだが、たったひとつを択《えら》ぶとすれば――」

大下はしゃがみこんで、ケン坊の肩を両手で摑《つか》んだ。

「君の打ったホームランだ。僕はあの一打を、一生忘れないぞ」

ケン坊は驚きつつも、みその苑の子どもたちの寄せ書きを大下に手渡した。大下が嬉しそうに色紙へ目を走らせる。木屋はその横顔を凝視した。

――アア、この華のような笑みもこれで見納めか……。

発車の時刻が迫ってきた。

どこからともなく「大下万歳」のコールが巻き起こり、「また博多に帰ってこいよ！」と掛け声が飛んだ。

大下が昇降口に片足を乗せると、一列にならんだ少年たちが帽子をとって叫んだ。

「大下さん、ありがとうございました！　また野球ば教えてください！」

その途端、こらえていたものが大下の目から溢《あふ》れだした。

少年たちとの別れが、何より辛いのだ。ケガによる不本意な成績に歯を食いしばり頑張ってこられたのも、大下を「永遠の四番」として慕ってくれる、少年たちの笑顔があればこそだった。

大下はうつむいたまま列車へ乗り込んだ。少年たちに涙を見せまいとする英雄の姿に、人びとは胸を詰まらせた。

列車が出発した。大下万歳のコールは已《や》むことがなかった。

——大下《ポン》さん、ありがとう……。博多にでっかいホームランばありがとう！

木屋はだんだんと遠ざかる列車を見送りながら、身を切られるような思いに耐えた。

こうして戦後球界最大のスターは、博多を去った。

そのあと、木屋の家族と川内の家族で、墓所をたずねた。

「木屋家之墓」の裏手にまわると、「田宮直志」と書かれた卒塔婆《そとば》がある。無縁になりかけたところを、「お前らの兄弟分なら」と木屋の父が引き取ってくれたのだ。田宮の遺体にうち重なるように斃《たお》れていたというナツヒコの遺骨は、遠い親戚のもとへ送られたらしい。

田宮はあの日の未明、北影の屋敷にクルマでのりつけて手榴弾を投擲《とうてき》。爆破した門扉から中に討ち入り、最期を遂げた。木屋の結婚記念日が田宮の命日となった。

これで洲之内一家の関係者は事実上、地上から姿を消したことになる。思わぬ副産物といえば、田宮の存在により、八百長野球の動きがいったん途切れたことだろう。だが西日本ヤクザの秘密工作は伏流し、やがて球界を揺るがす「西鉄黒い霧事件」として結実することになる。

三ヶ月前に田宮の一周忌があった。

それを期に、川内たちは博多に舞い戻った。もう彼らの身に危険はない。川内は板前を辞め、木屋の口利きで、かつて木屋の兄がつとめていた製鉄所で働き始めた。ケン坊も彼らと暮らすようになった。

田宮の討ち入りから二週間後、シゲやんから連絡があった。「いま東京におります。ここで仕事ば探すつもりです」と言って電話は切れた。その後連絡はない。

川内と双葉は、命の恩人が眠る木屋家の墓に篤《あつ》く手を合わせた。

双葉は目を開けると、

「はい、南無南無《なむなむ》して」

と一郎の手を取った。一郎が、もみじの葉っぱのように小さな手を合わせる。

木屋はその様子に目を細めた。苦境に立たされていた川内一家が、いつのまにか見違えている。彼らは「貧乏」からぬけだし、「平凡」という名の幸せを手に入れつつある。ようやくケン坊と双葉にとっての「戦後」も終わったのだ、この墓に眠る人物の尽力によって。

木屋もあらためて手を合わせた。披露宴に白装束で現れた田宮の姿が脳裏に浮かぶ。

――田宮よ、あっちで兄ちゃんとキャッチボールしよるか。しばらくのあいだ、兄ちゃんはお前が独り占めやぞ。

木屋は墓所の雑木林からのぞく空を見上げた。それは木屋の心にぽっかりあいた空隙のようだった。

ふたりの男が博多から姿を消した。

ひとりは、日の当たる道を歩み続けた史上最強の強打者《スラッガー》。

もうひとりは、日の当たらない道を歩み続けた気骨の固まりのようなヤクザ。

木屋にとっては、どちらも等しく博多の英雄であった。

ケン坊が、ボールを空に向かって放り上げた。三つのメッセージが刻まれた、古ぼけたボールだ。

ケン坊がそれをキャッチすると同時に、直子が「あ、また蹴った！」と声をあげた。

「やっぱり男の子なんですよ」と双葉が言った。

「そうかしら。男の子かしらね」

「絶対そうやと思います。わたしのときとおんなじやもん。もし男の子が産まれたら、ケンちゃん」

と言って、双葉はふりむいた。

「一郎ちゃんと産まれてくる男の子に、キャッチボールの仕方ば教えてあげてね。それまでそのボールは、大切にとっておくんですよ」

ケン坊が白い歯を見せて頷《うなず》いた。いつのまにか、姉と同じくらいの背丈になっている。

二ヶ月後には、東京五輪の開催が決まるか否かという発表が控えていた。木屋はつい先日、重役に呼び出された。

「もし東京開催が決まったら、お前は五輪担当になれ。いつまでも西鉄の時代じゃなかか」

木屋の記者人生も、第二ステージが始まろうとしていたのだ。

東京五輪が決まれば、日本の景色が変わる。博多の街並みも変わる。もちろん、人びとの顔ぶれも変わっていくことだろう。誰かがホームランバッターとなり、誰かがヤクザとなり、誰かが新聞記者になる。変わり続けることで、変わってはならないものが見えてくるのだ。

――俺たちの役目は、この子らが捕りやすいように、胸元へ球を放ってやることたい。

木屋はもういちど空を見上げた。

博多の空に、うっすらと日が射していた。

本書は書き下ろしフィクションです。

著者略歴

平岡陽明〈ひらおか・ようめい〉
昭和52年5月7日生まれ。慶応義塾大学文学部卒業。
出版社勤務を経て、2013年、「松田さんの181日」
で第93回オール讀物新人賞を受賞。本書が初長篇と
なる。東京都在住。

Kadokawa Haruki Corporation

平岡陽明《ひらおかようめい》

ライオンズ、1958。

*

2016年7月18日第一刷発行

発行者 角川春樹
発行所 株式会社 角川春樹事務所
〒102-0074 東京都千代田区九段南2-1-30 イタリア文化会館ビル
電話03-3263-5881(営業) 03-3263-5247(編集)
印刷・製本 中央精版印刷株式会社

ISBN978-4-7584-1287-2 C0093
http://www.kadokawaharuki.co.jp/

ハルキ文庫

勇者たちへの伝言
いつの日か来た道

増山 実

ベテラン放送作家の工藤正秋は、阪急神戸線の車内アナウンスに耳を奪われる。「次は……いつの日か来た道」。謎めいた言葉に導かれるように、彼は反射的に電車を降りた。小学生の頃、今は亡き父とともに西宮球場で初めてプロ野球観戦した日を思い出しつつ、街を歩く正秋。いつしか、かつての西宮球場跡地に建つショッピング・モールに足を踏み入れた彼の意識は、「いつの日か来た」過去へと飛んだ——。単行本刊行時に数々のメディアで紹介された感動の人間ドラマ！

角川春樹事務所

ハルキ文庫

ヒーローインタビュー

坂井希久子

仁藤全《あきら》。高校で42本塁打を放ち、阪神タイガースに8位指名で入団。強打者として期待されたものの伸び悩み、10年間で171試合に出場、通算打率2割6分7厘の8本塁打に終わる。もとより、ヒーローインタビューを受けたことはない。しかし、ある者たちにとって、彼はまぎれもなく英雄《ヒーロー》だった——。「さわや書店年間おすすめ本ランキング2013」文藝部門1位に選ばれるなど、書店員の絶大な支持を得た感動の人間ドラマ！

角川春樹事務所